ABC# 文学理论及其教学研究

闫增珍 著

延吉·延边大学出版社

图书在版编目（CIP）数据

文学理论及其教学研究 / 闫增珍著. -- 延吉 ：延边大学出版社，2024. 8. -- ISBN 978-7-230-06995-3

Ⅰ.I0

中国国家版本馆 CIP 数据核字第 20246TR990 号

文学理论及其教学研究

著　　者：闫增珍
责任编辑：金倩倩
封面设计：文合文化
出版发行：延边大学出版社
社　　址：吉林省延吉市公园路 977 号
邮　　编：133002
网　　址：http://www.ydcbs.com
E-mail：ydcbs@ydcbs.com
电　　话：0433-2732435
传　　真：0433-2732434
发行电话：0433-2733056
印　　刷：三河市嵩川印刷有限公司
开　　本：787 mm×1092 mm　1/16
印　　张：8.75
字　　数：138 千字
版　　次：2024 年 8 月　第 1 版
印　　次：2024 年 8 月　第 1 次印刷
ISBN 978-7-230-06995-3

定　　价：62.00 元

前　言

　　文学作为人类精神文化的重要组成部分，承载着表达情感、记录历史、传承文化的使命，而文学理论与教学研究则是对这一精神财富进行深度挖掘与传承的重要工具和方法。

　　《文学理论及其教学研究》一书，既是对文学理论的全面梳理，又是对文学教学实践的深入探索。它涵盖了文学理论的多个方面，从文学的本质、功能、形式到文学批评、文学史研究等，既有理论阐述，又有实践指导。同时，本书还关注文学教学的前沿动态，探讨如何在新时代背景下进行文学教学的改革与创新。

　　本书将带领读者走进文学理论的殿堂，感受文学的深邃与博大，从文学的本质出发，探讨文学与社会、历史、文化的关系，揭示文学作品的内在魅力。同时，本书还将关注文学的形式与技巧，分析文学作品的构成与表达方式，使读者能够更深入地理解文学作品。

　　此外，本书还将重点关注文学教学的实践与改革，探讨如何在新时代背景下进行文学理论教学的创新，从而提高学生的文学素养和批判性思维，培养学生的审美能力和创造力。本书将分享成功的教学案例，提供实用的教学方法，为广大教育工作者提供参考。本书旨在为读者提供一个全面、深入的文学理论与教学的研究视角，希望能够对广大文学爱好者、文学研究者有所启发和帮助。

目　录

第一章　文学理论的性质与研究意义 ························1
第一节　文学理论的性质和形态 ···························1
第二节　文学理论研究的特点和意义 ·······················8

第二章　文学作品的内容与形式要素 ······················28
第一节　文学作品的内容要素 ···························28
第二节　文学作品的形式要素 ···························32
第三节　文学创作的属性及其创作过程 ···················36

第三章　文学的价值和功能 ······························51
第一节　文学的价值 ···································51
第二节　文学的功能 ···································62

第四章　文学理论与教学基本理论 ························73
第一节　文学流变理论 ·································73
第二节　教学的基本理论 ·······························84

第五章　文学理论教学过程 ······························90
第一节　文学理论教学过程本质 ·························90
第二节　文学理论教学过程要素 ·························95
第三节　文学理论教学过程改革 ························102

第六章 文学理论教学改革 ······ 110

第一节 新媒体时代文学的发展 ······ 110
第二节 当代文学理论教学改革 ······ 115
第三节 实践视域下文学理论的多元化 ······ 116

参考文献 ······ 132

第一章 文学理论的性质与研究意义

文学是一种极为复杂的、广延性极强的语言表达形式,这决定了文学研究视角和方法的多样性。文学研究视角和方法的多样性使文学理论呈现不同的形态,文学哲学、文学社会学、文学心理学、文学符号学、文学价值学、文学信息学和文学文化学等是文学理论的基本形态。

第一节 文学理论的性质和形态

一、文学理论的学科归属

研究文学及其规律的学科统称为"文艺学"。"文艺学"这个名称是1949年以后由俄文翻译过来的,实际上正确的名称应是"文学学",但是"文学学"不太符合汉语的构词习惯,人们也就普遍接受"文艺学"这个名称了。文学是一种多维的、复杂的、广延性极强的语言表达形式,文艺学作为研究文学这一事物的学科,也应该是一个复杂的系统,即由若干相互联系但又具有不同形态的分支构成。

最早研究文学的科学叫"诗学""诗论",即以对诗歌这一体裁的研究来统领整个文学研究。这种研究方法实际上是以部分代替整体,这无疑是有缺憾的。直到 19 世纪，整个文学领域的研究还基本上处于笼统的、未分化的状态，各种不同的文学研究在范围、对象、任务、功能上并无太大的区别。20 世纪以来，各门科学都得到了迅速发展，分工更具体、明确，也促进了文学学科的发展；再加之文学实践的需要，文学研究的视角、方法逐渐成熟，文艺学终于形成了若干既相互独立，又相互联系的分支，严格意义上的文学理论才作为文艺学的一个独立分支得以形成。

美国当代著名学者韦勒克与沃伦指出：在文学"本体"的研究范围内，对文学理论、文学批评和文学史三者加以区别显然是最重要的。文学是一个与时代同时出现的秩序，这个观点与那种认为文学基本上是一系列依年代次序而排列的作品是历史进程中不可分割的一部分的观点，是有所区别的。关于文学的原理与判断标准的研究，与关于具体的文学作品的研究——无论是进行个别的研究，还是对作品的编年进行系列研究——二者之间也要进一步加以区别。要把上述两种区别弄清楚，似乎最好还是将"文学理论"看成对文学的原理、文学的范畴和判断标准等类问题的研究，并且将研究具体的文学艺术作品看成文学批评（其批评方法基本上是静态的）或看成"文学史"。

韦勒克和沃伦的上述意见是合理的，但是需要强调的是，文艺学所包括的三个分支虽然各有其研究范围、对象、任务和功能，但又是互相联系、互相渗透、互相作用的。文学理论要以文学史所提供的大量材料和文学批评实践所取得的成果为基础，如果文学理论不根植于对具体文学作品的分析和对文学发展历史的研究，文学理论所概括的文学基本原理、概念、范畴和方法也就成了"空中楼阁"，失去了存在的依据。反过来，文学史、文学批评又必须以文学理论的基本原理、概念、范畴和方法为指导，离开这种指导，文学史、文学批评就失去了灵魂而成为材料的堆砌和感想的拼凑。实际上，文艺学这三个分支常常是"你中有我，我中有你"的，互相包容、互相渗透。

文学理论是文艺学中三个分支之一，它与其他分支有着极其密切的联系，它通过对文学问题的审视，侧重于研究文学中普遍的规律，力图指导、制约其他分支的研究，但它本身又必须建立在对具体的作品、作家和文学现象的研究的基础上。具体而言，文学理论以文学的基本原理、概念、范畴，以及相关的科学方法为研究内容，具体的文学作品、作家和文学现象一般作为例证出现。换言之，文学理论不像文学批评和文学史那样，专门去具体分析和评论作家作品、文学运动和文学思潮，它以哲学方法论为总的指导，从理论的高度和宏观的视野上阐明文学的性质、特点和规律，建立文学的基本原理、概念、范畴，形成相关的方法。

从上述这个总的对象出发，文学理论的任务一般规定为五个方面：文学活动发展论、文学活动本质论、文学创作论、文学作品构成论和文学接受论。美国当代文艺学家 M.H.艾布拉姆斯在《镜与灯——浪漫主义文论及批评传统》一书提出了"文学四要素"观点，他认为，文学作为一种活动总是由作品、作家、世界、读者四个要素组成的。

文学理论的研究对象不是这四个要素中孤立的一个，而是由四个要素构成的整体活动及其流动过程和反馈过程，因此文学理论规定了五个方面的任务：

第一，文学活动作为人类的一种精神活动，它有一个历史的发展过程，是随着时代的发展而发展的，从而显示出不同历史阶段的不同特征，这构成了文学活动发展论。

第二，文学作为人类的一种特殊的精神活动，必然与人类的其他活动不同，在性质上必然有其独特之处，这就形成了文学活动本质论。

第三，"世界"就是人们所指的社会生活，社会生活是一切种类的文学艺术的源泉，但社会生活本身还不是文学，社会生活的原料必须经过作家的艺术创造，才能变成文学文本。对作家如何根据生活进行艺术创造的过程和规律进行研究，就形成了文学创作论。

第四，作家创作出来的文学文本在阅读、研究和批评的过程中变成了作品，文学作品是一个复杂的结构，题材、形象、语言、结构、类型、风格等都是作品构成中的重要因素，研究作品的构成因素及其相互关系，就形成了文学作品构成论。

第五，作家笔下的文字作为文本如果被束之高阁，不与读者见面，那还不是活的审美对象，文本一定要经过读者的阅读、鉴赏、批评，才能变成有血有肉的审美对象，而研究读者的接受过程和规律，就形成了文学接受论。

由此可见，文学理论体系中的文学活动发展论、文学活动本质论、文学创作论、文学作品构成论和文学接受论恰好是与文学四个要素及其反馈相对应的，即文学活动的结构和发展关系规定了文学理论的任务。

二、文学理论应有的品格

文学理论是以马克思主义为指导的文学理论，它作为一门科学，具有实践性和自身独特的价值取向。

（一）文学理论的实践性

文学理论作为一门理论形态学科，并不是凭空产生的，而是从长期的、多种多样的文学实践中总结出来的。换言之，文学理论是对古今中外一切文学活动的总结，它的出发点和基础只能是文学活动和实践。先有文学活动和实践，然后才会有对文学理论的概括。

实践是检验真理的唯一标准，所以文学理论的实践性品格，不但在于它来源于文学活动和实践，而且在于它必须经得起文学活动和实践的检验。

文学理论的实践性品格决定了它总是随着文学运动、文学创作、文学接受的发展而发展的，它永远是生动的、变化的，而不是僵化的、静止的。文学创作和批评的空前活跃，对文学理论提出了一系列问题，于是关于文学理论的探讨与争鸣空前活跃起来。

文学理论的实践性品格决定了文学理论是一门生机勃勃的科学。随着社会生活的变革，文学的内容和形式都将出现新的变革，文学理论这门科学也就不可避免地要去研究新问题，进行新的探索，从而扩大学科的边界，实现理论创新。因此，不能用不变的、形而下的态度对待文学理论。对于马克思主义的文学理论，正确的态度应是：一要坚持；二要发展。即坚持那些从实践中抽取出来又被实践证明了的基本原理，对此不能有丝毫动摇，同时又要发展那些不够完善的部分；既不能搞唯心主义、形而上学，否定马克思主义文学理论的基本原理，又不能僵化、保守，拒绝研究新问题。因此，相关研究者要始终坚持"实践是检验真理的唯一标准"这个原则，以保护和坚持马克思主义文学理论的实践性品格。

（二）文学理论的价值取向

文学理论是对文学实践经验的总结，文学理论家在总结实践经验时，总是要依据一定的哲学、政治、道德、美学观点，从而体现出一定的价值取向。文学理论也是一种意识形态，某种文学理论肯定什么作品、否定什么作品，赞扬什么文学现象、批判什么文学现象，提倡什么艺术趣味、反对什么艺术趣味，都应该有明确的价值取向。

对于过去的和西方各国的文学理论，相关研究者应该采取批判地继承的方式。马克思主义文学理论之所以具有真理性，其重要特点之一就是它的综合性。它以马克思主义的世界观和方法论为指导，综合了古今中外一切经过实践检验被认为是有益和有用的东西。文学理论的价值取向应该是民主的、科学的和现代的，具体分为以下几个方面：

第一，它的价值取向必须是民主的，即以提倡广大人民的审美趣味和审美理想为依归，而不能以少数人的审美趣味和审美理想为依归。一切封建主义的、资本主义的文学理论只考虑少数人的利益和趣味，漠视广大人民群众的利益和趣味，这是不民主的，这种文学理论我们必须抛弃。

第二，文学理论必须是科学的，科学形态的文学理论要通过摆事实讲道理揭示文学活动的规律，总结出文学创作和欣赏的经验，应该具有深厚的学理性。

第三，文学理论必须是现代的，在当代中国，发展文学理论必须面向现代化、面向世界、面向未来。当今社会已经向现代化迈进，文学理论也必须实现现代性的创新。

今天的世界格局与革命战争时期已经大不相同，在经济逐渐全球化的时代建设新的文化，其中必然包括建设文学理论。如果说经济全球化意味着经济发展必须融入世界经济体系中，那么建设社会主义文化则不能一味地"全球化"，社会主义文化必须保持中华民族的个性，体现民族文化的优良传统。

三、文学理论的形态

（一）文学理论形态的多样性

文学理论的基本形态可分为七种，即文学哲学、文学社会学、文学心理学、文学符号学、文学价值学、文学信息学和文学文化学。文学理论形态与文学研究的客体及视角密切相关。文学活动作为文学理论的客体是复杂的、多层次的系统。从文学创作到文学作品再到文学接受，是一个活动的过程。按照马克思主义经济学的观点，文学创作是一种"艺术生产"，文学创作作为对社会的精神创造，是在艺术生产中实现的；而文学接受作为一种社会的精神消费，是在艺术消费中实现的；文学作品无论是对生产者来说，还是对消费者来说，都具有社会文化意义，这样它就具有了艺术价值，而这种艺术价值是要在艺术生产与艺术消费的传递中实现的，所以文学活动的过程又是一个从艺术生产到艺术价值生成再到艺术消费的过程。

这就是说，文学活动在意向上可以理解为两个过程，即"文学创作—文学作品—文学接受"过程和"文学生产—作品价值生成—文学消费"过程。这样一来，文学理论研究虽然只有一个认识客体——文学活动，但同一认识客体可以成为多种视角所观照的对象。文学理论的认识客体是指文学活动的整体，不同的对象则是研究者凭借独特的视角与方法窥视到的整体中的有限部分。换言之，同一认识客体是多对象的，正是由于同一客体可以形成多对象，并运用多视角、多方法加以研究，文学理论才形成了多样化形态。

（二）文学理论基本形态的特点

从"文学创作—文学作品—文学接受"这一基本形态来看，文学理论的基本形态具有以下特点：

第一，文学创作是对社会生活的反映，即作家作为主体，反映作为客体。在作品论、接受论中也有不少哲学层面的问题，因此，马克思主义的哲学视角是揭示文学活动的基本视角，以反映论为基础的文学哲学是文学理论的一个基本形态。马克思主义认识论的文学哲学以其科学性超越了以前的文学哲学，成为文学理论的基石。

第二，"文学创作—文学作品—文学接受"过程是一个心理转换过程，无论是文学创作，还是文学接受，都是特殊的心理行为，因此只有从心理学的视角建立文学心理学，才能切入这些特殊的心理行为，并对其进行研究。因此，文学心理学是文学理论的又一重要形态。古今中外的文学理论，总是倾向于从心理学的角度来解释文学活动，如中国古代文学理论中的"比兴说""虚静说""神思说""滋味说""物感说""象外说""妙悟说""童心说""性灵说""神韵说""意境说""出入说"等都具有丰富的心理学内涵，西方文学理论中古希腊学者亚里士多德提出的"净化说"、德国学者立普斯等提出的"移情说"、瑞士裔英国心理学家布洛提出的"心理距离说"、意大利美学家克罗齐提出的"直觉说"、德国哲学家康德提出的"审美态度说"、奥地利心理学家弗洛伊德提出的"无意识升华说"、瑞士心理学家荣格提出的"原型说"、英国学者冈布里奇提出的"投射说"等，也形成了文学心理学的传统。

第三，"文学创作—文学作品—文学接受"的过程又是一个符号化的过程，因为文学创作旨在向人们传递特殊的审美信息，文学创作必须运用语言符号，作品则是语言符号的结晶，文学接受则首先要破译语言符号，因此符号学的视角对文学理论来说就变得极为重要，而文学符号学也理所当然地成为文学理论的一种基本形态。

第四，"文学创作—文学作品—文学接受"系统是一种特殊的信息系统，从文学创作到作品的发表，是特殊信息的传播，文学接受则是特殊信息的接收，从文学接受再到文学创作则是对特殊信息的反馈。这样一来，从信息学的视角来研究文学活动必然要形成一个新的学科——文学信息学。

第二节 文学理论研究的特点和意义

文学的性质是指文学本身具有的区别于其他艺术门类及人文学科的内在特性。文学是一种历史现象，人类对文学性质的认识也一直处于发展和变化当中。马克思主义文学理论以唯物史观为基础，融合古今中外文学研究的优秀成果，从社会意识形态、审美和语言等方面，深刻揭示了文学的基本性质，阐明了文学的特有属性和意义。

一、文学是社会意识形态

要认识文学的性质，首先应看到文学与社会意识形态的联系。对此，马克思进行了经典阐述："物质生活的生产方式制约着整个社会生活、政治生活和精神生活的过程。不是人们的意识决定人们的存在，相反，是人们的社会存在决定人们的意识。随着经济基础的变更，全部庞大的上层建筑也或慢或快地发生变革。在考察这些变革时，必须时刻把下面两者区别开来：一种是生产的经济条件方面所发生的物质的、可以用自然科学的精确性指明的变革，一种是人们借以意识到这个冲突并力求把它克服的那些法律的、政治的、宗教的、艺术的或哲学的，简言之，意识形态的形式。"

在这段话里，马克思精辟地揭示了生产力与生产关系、经济基础与上层建筑、社会存在与社会意识的关系，为回答文学艺术与社会生活、文学艺术与政治、经济的关系等根本问题，特别是为理解文学的性质，提供了科学的世界观和方法论。

根据唯物史观，文学属于社会意识形态，在根本上受社会存在、经济基础的制约，同时也会对社会存在、经济基础产生能动作用，从而需要将其置于社会存在的发展中、置于与社会经济和政治的辩证关系中加以认识。

同时，文学艺术不同于以法律、政治等形式而存在的上层建筑，而是一种"观念上层建筑"，即属于社会意识形态，它们与社会经济基础的距离有近有远，本身有着多种不同的形式。进一步看，不同意识形态的形式在呈现方式上互有不同，如法律、政治等多以理性逻辑方式表达思想观念，恩格斯称之为"纯粹抽象的意识形态"，而文学艺术则往往以感性审美的方式将思想观念呈示于人。在共通性方面，文学与其他社会意识形态一样，都受到社会存在和经济基础的制约，它们都是社会经济基础的反映，并随着社会经济基础的变化而变化。此外，文学也具有能动作用，它可以通过影响人们的思想观念、审美情趣等方式，对社会存在和经济基础产生一定的影响和作用。

此外，文学艺术的形态和样式非常丰富，包括小说、诗歌、戏剧、电影等多种形式，每种形式都有其独特的表达方式和审美特征。这表明，文学既具有一般意识形态的共通性，又具有自身的特殊性。

具体来看，文学作为一种社会意识形态，是作家在社会生活中依据一定的立场、观点和方法所进行的艺术创造，具有认识性、倾向性和实践性等。

（一）文学的认识性

文学的认识性是指文学帮助人们认识自然、社会和精神世界的特性。它通过创造艺术形象，以不同于科学和逻辑的方式反映社会生活。

1.文学是客观世界在作家主观世界中反映的产物

文学作为一种社会意识形态，无论其内容和形式多么丰富，表现方式多么曲折，距离现实多么遥远，总可以在社会生活中找到其历史和现实根源。正如毛泽东所说的："作为观念形态的文艺作品，都是一定的社会生活在人类头脑中的反映的产物。革命的文艺，则是人民生活在革命作家头脑中的反映的产物。人民生活中本来存在着文学艺术原料的矿藏，这是自然形态的东西，是粗糙的东西，但也是最生动、最丰富、最基本的东西；在这点上说，它们使一切文学艺术相形见绌，它们是一切文学艺术的取之不尽、用之不竭的唯一的源泉……过去的文艺作品不是源而是流，是古人和外国人根据他们彼时彼地所得到的人民生活中的文学艺术原料创造出来的东西。"

　　这段话阐明了文学艺术源于生活又能帮助人们认识生活的道理。既然社会生活是文学艺术的源泉，那么人们就可以沿流溯源，通过文学艺术去认识生动而丰富的社会生活。同时，这段话也阐明了文学艺术工作者深入人民生活的重要性。文学艺术对于社会生活的反映，很重要的一点就是要到人民群众的生活中去，使得文学与人民群众相结合。文学艺术工作者只有不断地与新的群众相结合，才能客观、真实地反映社会生活，从人民群众中汲取源源不断的养分。

　　对于文学艺术的认识性特征，人们很早就有了自觉。例如孔子称诗"可以观"（《论语·阳货》），即认为诗歌可以反映社会的盛衰、观察民风的好坏；唐代诗人白居易对文学的认识性进行了更具体的说明："故闻《蓼萧》之诗，则知泽及四海也。闻《禾黍》之咏，则知时和岁丰也。闻《北风》之言，则知威虐及人也。闻《硕鼠》之刺，则知重敛于下也。闻'广袖高髻'之谣，则知风俗之奢荡也。闻'谁其获者妇与姑'之言，则知征役之废业也。故国风之盛衰，由斯而见也；王政之得失，由斯而闻也；人情之哀乐，由斯而知也。"

　　巴尔扎克把文学作品看作反映一个民族生活和思想的"镜子"，认为荷马、拉辛、莎士比亚、但丁、歌德、弥尔顿等文学天才"都是同时代民族美好的历史性纪念碑"。马克思热情称赞"现代英国的一批杰出的小说家，他们在自己的卓越的、描写生动的书籍中向世界揭示的政治和社会真理，比一切职业政客、政论家和道德家加在一起所揭示的还要多。他们对资产阶级的各个阶层，从'最高尚的'食利者和认为从事任何工作都是庸俗不堪的资本家到小商贩和律师事务所的小职员，都进行了剖析"。这体现了马克思对小说的认识性的高度肯定。

　　一方面，那些具有鲜明的现实主义风格的文学作品，是对真实社会状况比较直接的反映。中国最古老的诗集《诗经》中的《风》《雅》《颂》三个部分，生动再现了周代不同阶层的生活内容和情感体验；杜甫的"三吏""三别"，以"诗史"的形式，艺术地再现了"安史之乱"中唐王朝下层社会的惨景；曹雪芹的《红楼梦》则是人们认识中国古代社会晚期的一部"百科全书"。

　　另一方面，在文学史上，很多着重表现人类的幻想、想象和理想的文学作品，是对社会存在的曲折反映。例如屈原的《离骚》，虽然通篇充满了神话传说，但实际上是对个人的政治理想和人格志向的抒发；李白的《梦游天姥吟留别》虽然写的是梦境，表达的却是他对现实政治的不满和傲视权贵的风骨；歌德的《浮士德》通过塑造浮士德这一传说中的人物，反映了资产阶级上升时期新兴资产阶级的强大意志和进取精神。

2.文学作品中蕴含着作家对社会生活的认识

社会生活是纷繁复杂的客观存在。作为现实生活中的个人，作家与普通人一样处在复杂的社会关系网络之中，但作家又有别于普通人，作家会透过多样、多变的社会现象，把握其内在的发展规律和推动力量，并用合乎艺术规律的方式表达他对社会生活的认识和观点。例如曹禺的剧作《北京人》，作者通过曾家大家族的故事，展现了封建社会的衰落和人性的弱点，警示人们不要沉迷于权势和传统，要勇敢面对现实和变革。作品将这样一个看似只是家族兴亡的故事放在当时的社会大背景下，用那个时代特有的语言表述，通过对具有代表性的封建大家庭的刻画，高度浓缩了中国社会从封建社会走向半殖民地半封建社会的历史变迁轨迹。

在创作中，有的作家能够以先进思想为指导，深入体验生活、感受生活、了解生活，洞察社会生活的发展形势，把握社会历史的发展规律，在表现社会生活的丰富性和复杂性的同时，传达出符合社会进步趋势的意识形态。例如高尔基的《母亲》、鲁迅的《阿Q正传》、茅盾的《子夜》、梁斌的《红旗谱》、柳青的《创业史》等，这些小说描写的人物几乎囊括他们所处时代各个阶级、阶层的典型，展示出宽广的社会生活画面，有助于读者了解那个时代复杂的社会生活状况。

3.文学是对社会生活的整体性把握

文学对社会生活的认识属于马克思所说的艺术掌握世界的方式。这种认识和掌握世界的方式往往能够超越一般意识形态反映生活过于抽象的局限，对社会生活情状进行真切、丰富、完整的反映。例如俄国作家列夫·托尔斯泰通过描绘上层贵族的日常生活，把当时俄国最基本的社会关系和社会性质表现得淋漓尽致，特别是表现出了与贵族对立的俄国农民的思想和情绪，作品虽然描写的是贵族和地主的生活，但是在这些统治阶级人物身上仍折射出农民的身影、意识和情绪。

可见，文学要发挥其社会意识形态作用，不能回避描写社会的重要矛盾冲突，但是这并不是要求文学成为社会重大题材的意识形态宣言，也不是要求文学把社会关系的一切方面都铺展出来，而是要求文学以独特的艺术形象描绘出社会生活的整体关系与情状，帮助人们了解社会、历史的真实状况。

（二）文学的倾向性

文学的倾向性是指文学在反映特定社会生活时表现或流露出来的价值取向。它是作家一定的世界观、人生观、价值观自觉或不自觉的显现，包括政治、思想、道德等倾向。

1.政治和思想倾向性是文学倾向性的主要体现

文学的政治和思想倾向性主要与两个因素有关：一是作家所具有的特定的阶级立场、思想感情和价值取向，二是社会生活所包含的政治和思想内容。在社会生活中，政治集中体现了不同阶级、阶层、集团在经济、社会、文化等方面的权力关系及其矛盾和斗争，因此文学在反映社会生活时，总会以不同的方式表现其与政治的联系，因而文学总是或隐或显地具有一定的政治和思想倾向。

政治和思想倾向性是文学的一种较为普遍的属性。恩格斯明确肯定了文学的政治和思想倾向性："我决不反对倾向诗本身。悲剧之父埃斯库罗斯和喜剧之父阿里斯托芬都是有强烈倾向的诗人，但丁和塞万提斯也不逊色；而席勒的《阴谋与爱情》的主要价值就在于它是德国第一部有政治倾向的戏剧。现代的那些写出优秀小说的俄国人和挪威人全是有倾向的作家。"以此为标准，他称赞18世纪的德国文学："这个时代的每一部杰作都渗透了反抗当时整个德国社会的叛逆的精神。歌德写了《葛兹·冯·伯里欣根》，他在这本书里通过戏剧的形式向一个叛逆者表达哀悼和敬意。"德国马克思主义理论家卡尔·李卜克内西认为：从历史和美学的观点来看，"无倾向性的""真正的"艺术是一种神话……在最理想的美学体系中，要求为社会利益和人民利益服务的倾向，被看作艺术的神圣职责。他认为，不存在某种毫无倾向性的诗歌，倾向性是文学的一种普遍的性质；文学的阶级倾向性非但不会与文学的艺术性相对立，反而是理想艺术的重要特征之一。历史上很多伟大的文学作品，总是能够创造性地传达特定社会和特定阶级的利益、观念和理想，并因此具有珍贵的历史价值和美学价值。但丁《神曲》的伟大，在于表现了在中世纪政教合一的统治下被压迫阶级新人性的复苏；莎士比亚的戏剧作品涵盖了各种题材和人生经历，其中著名的有《哈姆雷特》《罗密欧与朱丽叶》《李尔王》《麦克白》等。这些作品通过描绘人性的不同层面和复杂性，表现了觉醒后的资产阶级人文精神的多姿多彩。列夫·托尔斯泰的作品同样有着深刻的社会意义和历史价值，这些作品中所反映的社会现实和历史背景，不仅有助于我们了解当时的俄国社会，而且具有深远的历史意义和价值。

中国特色社会主义进入新时代，我国社会主要矛盾已经转化为人民日益增长的美好生活需要和不平衡不充分的发展之间的矛盾。文学创作要适应新时代社会主义文艺繁荣发展、建设社会主义文化强国的需要，顺应各族人民过上更好生活的新期待，就应当坚持以人民为中心的创作导向，坚持为人民服务、为社会主义服务；要牢固树立人民群众是历史创造者的历史唯物主义观点，培养和增进对人民群众的感情；要坚持以最广大人民为文学艺术的服务对象和表现主体，关心群众疾苦，体察人民愿望，把握群众需求，通过形式多样的艺术创造，更好地满足人民群众的文化艺术需求，提升他们的文化艺术修养和思想道德境界。

2.文学的政治和思想倾向性必须与文学的真实性相统一

文学具有政治和思想倾向性，但是文学并不能因此变成时代政治的概念化的宣传工具。文学的政治和思想倾向性应该以符合艺术规律的形式体现出来，应该建立在文学真实性的基础之上。文学的真实性是指文学要真实、生动、具体地反映社会生活的本来面目，并艺术地揭示社会生活的某些本质规律和特性。真实性是伟大文学作品的重要品质。马克思在致拉萨尔的信中提到，文学作品应该"更加莎士比亚化"，而不能"席勒式地把个人变成时代精神的单纯的传声筒"。莎士比亚戏剧的伟大和杰出之处在于，它充分表现了人物内在的丰富性，再现了生活的复杂性；其人文主义倾向性并不是以图式化和概念化的方式呈现的，而是与他对人性的深刻体察和把握、对历史状况的真实感受和认识融会在一起的。比较而言，席勒的《阴谋与爱情》《强盗》虽然表露出对资产阶级社会鲜明、强烈的爱憎，但在艺术表现上过于直露和主观。要实现倾向性的艺术化表现，作家必须尊重并真正掌握艺术创作的规律。从场面和情节中自然流露出政治和思想倾向性，更符合艺术表现规律，也更易深入人心，更能影响社会和生活，例如，鲁迅的"哀其不幸""怒其不争"蕴含在对阿Q和未庄各种人物命运的外冷内热的叙述之中；巴金的同情与批判则融会在小说《寒夜》对病态社会中的病态人生的描写之中。

文学的真实性源于生活又高于生活，作家既不能脱离社会生活进行主观臆造，又不能对社会生活进行自然主义式的描摹。只有把倾向性与真实性统一起来，才能塑造出鲜活的人物形象，创造出成功的文学作品。

（三）文学的实践性

文学具有实践性，并不是指文学会直接介入人类社会的实践过程，而是指文学会以自身特有的方式反映社会实践，并影响社会实践中的读者。具体地说，文学作为一种社会意识形态，既是对人类社会实践的反映，又能够通过其特殊的方式，对人类社会实践产生能动的影响。文学的实践性，就是指文学反映社会实践，又通过影响读者心灵而能动地作用于其社会实践行为的特性。

1.文学对政治实践的影响

文学与政治都属于社会意识形态，因此相对于文学对经济基础的影响而言，文学对政治实践的影响更为直接。在中国文学史上，《诗经》很早就被视为考察政治得失的镜鉴，"上以风化下，下以风刺上"（《诗大序》），《诗经》成为统治阶级表达政治情绪、施行政治教化的重要手段；白居易和元稹的

"新乐府"诗歌自觉地以"补察时政""泄导人情"为创作目的;清末的"讽刺小说"、五四时期的"问题小说"、新时期的"伤痕文学"和"反思文学"等,都对当时社会政治的发展有所影响。在西方文学史上,法国作家雨果的《巴黎圣母院》《悲惨世界》等对当时资产阶级法律的残暴和不公正展开了激烈的批判;海明威的《永别了,武器》等反战小说,直接推动了西方"反战运动"的发展。不过,文学的这种政治实践性并不意味着作家需要在作品中直接发表其政治主张。"小说艺术不是在作者表达政治观点的时候才具有政治性,而是在我们努力理解某个与我们在文化、阶级和性别上不同的人之时才具有政治性。"文学是要通过独创的人物形象及其他艺术形象,含蓄地体现其政治实践性。

2.文学对经济、社会发展的影响

文学与经济发展、社会实践之间存在着深刻而复杂的辩证关系:

一方面,文学是在以经济为基础的社会生活之中发展起来的。恩格斯说过:"正像达尔文发现有机界的发展规律一样,马克思发现了人类历史的发展规律,即历来为繁芜丛杂的意识形态所掩盖着的一个简单事实:人们首先必须吃、喝、住、穿,然后才能从事政治、科学、艺术、宗教等。所以,直接的物质的生活资料的生产,从而一个民族或一个时代的一定的经济发展阶段,便构成基础,人们的国家设施、法的观点、艺术以至宗教观念,就是从这个基础上发展起来的,因而,也必须由这个基础来解释,而不是像过去那样做得相反。"纵观中外文学的发展历史,各个民族、各个时代的文学创作之所以具有不同的思想内容和风格特点,正是因为它们的作者有着各不相同的社会生活实践。

另一方面,文学能动地影响经济和社会发展。恩格斯在强调历史过程中的决定性因素归根结底是现实生活的生产和再生产的同时,也反对将经济因素当作唯一的决定性因素,认为这是对唯物史观的歪曲。他明确指出:政治、法律、哲学、宗教、文学、艺术等的发展,是以经济发展为基础的。但是它们又都互相作用并对经济基础发生作用。这并不是说,只有经济状况才是原因,才是积极的,其余一切都不过是消极的结果,而是说,这是在归根结底不断为自己开辟道路的经济必然性的基础上的相互作用。

这一点在生产关系和社会制度急剧转型时期的文学艺术中表现得尤为明显，如斯托夫人以19世纪美国南方黑奴生活为题材的小说《汤姆叔叔的小屋》，深刻揭露了南方农奴制度的罪恶，坚定了美国政府和民众废除这种落后的经济和政治制度的决心。20世纪40年代后期，我国在解放区产生的一批小说如《暴风骤雨》《太阳照在桑干河上》等，及时呼应了中国共产党领导的土地改革运动，促进了中国农村生产方式的变革和进步；70年代后期至80年代初期，我国涌现的"改革文学"如《乔厂长上任记》《花园街五号》等，不同程度地促进了我国改革开放和现代化建设的发展。

3.文学对人的精神和观念的影响

文学的实践性有其特殊的实现途径和方式，它不像政治、法律、道德等其他意识形态那样以明确的规范性条文和观念来指导和约束人们的现实实践和具体行为，而通常是借助于审美化的文学形象和艺术手段，通过激励和提升人的精神来实现的。

明末清初的诗论家王夫之把文学对精神的激励作用称为"兴"，并高度评价了"兴"的意义。王夫之认为，诗歌之"兴"可以让人从眼前狭隘的功利束缚中超越出来，从而提高觉悟，开阔视野，净化心灵，提升境界。

在弘扬民族精神和时代精神方面，文学确实可以发挥独特而重要的作用。鲁迅把文艺比作引导国民精神的"灯火"，文学艺术有利于人的感情的激发、愿望的表达、信心的培养等，不仅能对个人精神生活的充实和心灵世界的成长产生潜移默化的影响，而且能够渐进缓慢却又深入持久地影响社会生活的整体发展。

二、文学是审美的艺术

文学作为一种社会意识形态，还有其特殊的审美属性，文学是社会意识形态与审美艺术的统一。马克思主义文学理论历来重视文学的审美属性，并把文学的美学评判作为文学批评的一个不可或缺的重要方面。同时，它在进行文学的美学评判时，历来重视不同民族的美学精神和传统。在长期的历史发展中，中国文学和艺术形成了自己特有的"中华美学精神"。中华美学讲求托物言志、寓理于情，讲求言简意赅、凝练节制，讲求形神兼备、意境深远，强调知、情、意、行相统一。这些民族美学精神其实是文学与音乐、绘画、戏剧、雕塑、舞蹈、书法、影视等艺术门类共同具有的特征。中国的文学和艺术有自己的美学精神，世界上其他各国的文学和艺术也都有自己的美学精神。各民族、国家不同的美学精神构成了世界文学和艺术多彩多姿的审美特点和风貌。文学作为审美艺术的特征，主要体现为情感性、形象性和超越性。

（一）文学的情感性

文学的情感性是指文学表达情感，并以此激发读者共鸣、促进社会情感交流的特性。

1.情感性是文学审美活动的基本特征

审美是人类特有的活动。美从根本上说是事物的一种价值属性，反映的是对象与主体之间的一种价值关系。因此，美不是某种外在于人的客观自然之物，它只能存在于人类各种具体的审美活动之中，是人在审美活动中对审美对象的一种价值判断。这种价值判断，从审美主体方面来看，主要体现为情感评价。丹麦批评家勃兰兑斯认为，任何事物都可以从三方面去看——实用的角度、科学的角度和美学的角度，由此形成对事物的三种态度和评价。与实用价值评价、科学价值评价相比，审美价值评价有三个特征：

第一，审美是一种非实用而又使人产生愉悦情感的活动。人们觉得一朵花美，不是因为这朵花能够结出让人们享用的果实、能够在花市上卖个好价钱、或是能够作为化妆品厂提炼香精的原料，而是因为它的色泽、形状、姿态和生命力等给人们带来精神的愉悦。因此，审美活动关注的不是审美对象可供消费和利用的物质性、材料性，而是其外在的形式和表象。

第二，审美是一种非概念而又能引起情感与认知的自由协调运动的过程。人们欣赏齐白石的画作《虾趣图》，不是为了认识虾的动物学分类特征，不会去细数虾长了多少条腿去细量虾身体的比例，而是叹赏画中之虾的活泼与灵动，流连于虾在无形之水中的游玩和嬉戏，品味着那流荡在整幅画面之上的清新之气，惊讶于那轻灵曼妙的笔法和墨趣，感受着画家那一颗情趣盎然的不老童心。在这种审美活动中，人的情感与想象力、理解、直觉等多种精神机能相互激发，彼此呼应，自由协调地贯通在读者对这幅画的欣赏过程之中。

第三，审美可以普遍传达和交流人的内心情感体验。对任何事物的审美评价都必须由一个个具体的审美主体完成，因此审美具有鲜明的个体特征，表现为每个审美主体都有着独特的情感体验，但是又因为审美活动具有非功利和非实用的特征，所以审美感受可以跨越人际关系的障碍而实现自由传达和交流，在社会群体中产生共鸣，具有广泛的社会性。

当然，不能孤立地看待审美价值评价的上述特征，而需要与社会实践联系起来考察。在马克思看来，个体的审美价值评价归根结底与他所处的实际社会生活状况密切相关，并受到实际利益需求的推动。在审美价值评价表面的非实用性中，实际上隐含着功利性。

由审美价值评价的上述特征可以看出，情感构成了审美活动的心理基础。文学的主要目的是表达情感、以情动人。情感因素在文学中具有主导性质，因此情感性成为文学作为审美艺术的重要特征。中国古代文学理论历来十分重视文学审美中的情感因素。钟嵘在《诗品序》中对文学的情感性有过生动而精辟的描述，在钟嵘看来，诗歌创作的目的在于"陈诗以展其义""长歌以骋其情"。具体地说，诗歌创作的目的就是表达人类在与四季自然景物相遇时产生的各种心境，抒发人类在不同社会境遇中产生的种种情感。文学是个人抒发情感的重要途径，也是人类进行社会情感交流的重要方式，能使穷贱者获得心灵的抚慰，也能使孤独者排遣内心的烦恼。

在文学活动中，文学情感性的具体表现形态多样：可以是对美好事物的由衷向往和赞美，也可以是对丑恶现象的无情暴露和批判；可以是对崇高力量和精神的敬仰，也可以是对卑下者的鄙夷和唾弃。在这些主要情感形式之外，还有对平凡生命和普通事物的关注、珍惜和同情等。文学情感性的表现形式尽管有所不同，但都要发乎真情实感，不能无病呻吟。

2.情理交融是文学审美活动的现实表现

审美活动对应的主要是人类的情感领域，但在实际上，很多美的事物和艺术不仅与情感有关，而且涉及认知和道德。审美活动是人类在一定思想观念指导下的创造活动，其中既表现了创造者的感性直观和情感体验，又融合了创造者的知性认识和理性观念，因此审美活动是直观与认识、情感与理性的统一。

在文学中，情感与理性的统一应遵循文学创作的特殊规律，不是简单拼凑和机械相加，而应该达到水乳交融、浑然无间的状态。宋代诗论家严羽认为，文学与抽象的书本知识和理性观念无关，需要一种"别材"和"别趣"。"别材"和"别趣"是指文学作品中具有审美性质的特殊内容和趣味。但同时，文学又不能完全离开知识和理性，否则不能做到"极其至"，即不能达到理想的境界。诗中之"理"是现实生活的升华和艺术形象的结晶，既不是作者预设的主观意图，又不同于哲理的寄寓和比附。而且，诗中之"理"总是与各种艺术情感交织在一起，哲思的领会与情感的体验如影随形，相互推进。诗理因诗情获得生命，诗情因诗理得以深化。这就是王夫之在论述诗之"兴""观"两种功能的关系时所说的："于所兴而可观，其兴也深；于所观而可兴，其观也审。"这里的"兴"，侧重于情感层面；这里的"观"，侧重于理性层面。

这种由情理交融而生成的审美特质，在中国传统文学理论中还有多种不同的说法，如"气""神""韵""境""味"等。在此基础上，人们又进行了更精细的体察和辨析，如"气"有"气脉""气韵""气象""生气"等，"神"有"神韵""神采""神怀""风神"等，"韵"有"气韵""神韵""高韵""韵致"等，"境"有"意境""神境""虚境""实境"等，"味"有"滋味""真味""至味""余味""韵味"等。这些审美特质，充分反映了人们对文学审美特质的深刻体察和精细辨析。

（二）文学的形象性

文学的形象性指的是文学通过创造具体、生动的艺术形象来反映社会生活的特性。从审美对象的角度来看，文学的形象性尤为重要；而从审美主体的角度来看，文学则更侧重于情感性。

1.形象性是文学艺术之美的重要体现

文学之所以美，很重要的一点在于它的形象性。人们通过阅读文学作品的语言文字，首先想象和感知到的往往是具体、生动的文学形象，文学作品的艺术价值也主要凝结在作家创造的各具生气的文学形象之中。黑格尔说："感性观照的形式是艺术的特征，因为艺术是用感性形象化的方式把真实呈现于意识。"艺术反映现实生活，必须诉诸直观可感的形象，这也是文学这门艺术的基本要求。

文学的这种形象性特征，在与哲学、科学等学科进行比较时体现得尤其鲜明。与哲学主要用概念、科学主要用定理和公式抽象地反映客观世界不同，文学主要是用感性、具体的艺术形象反映客观与主观世界。歌德认为："诗指示出自然界的各种秘密，企图用形象来解决它们；哲学指示出理性的各种秘密，企图用文字来解决它们。"鲁迅以"解剖"的隐喻说明了文学与科学之间的差异，他认为，文学作品虽然不能像科学那样对事理进行细密分析，但能够将人生道理通过词句描写的形象直接让读者领会，这就进一步阐明了文学形象具体可感的基本特点。

2.文学形象是有创造性、有生气、有意蕴的形象

文学的形象性突出地表现在，它是有创造性、有生气、有意蕴的艺术形象。具体可感的形象不仅存在于文学作品中，而且广泛存在于日常生活、自然环境和教学科研活动中。其中，既有真实的日常生活中的各种人物、事件、场景、自然景物，又有人工绘制的各种教学挂图、科技模型等。就前一类社会生活和自然中的真实形象来说，它们的具体和丰富是任何文学作品都无法比拟的；就后一类人工挂图和模型而言，它们完全可以制作得比文学形象更加细致、形象、

逼真，甚至达到以假乱真的程度。然而，文学的艺术形象却包含着比一般的具体可感形象更丰富、更深刻的内涵。

生活中的真实形象在任何时候都是文学形象的鲜活素材，但不同的是，文学形象主要是作家的艺术心灵创造的产物，是具有高度创造性的精神活动的结晶。文学形象不仅可以保留现实形象（包括社会形象和自然形象）本身具有的外部特征，而且可以在形象创造中投入作家本人的艺术趣味、情感态度、人格精神和社会理想等。文学形象是一面双面镜，可以同时映照出社会的真实状况和作家的丰富心灵。在长篇小说《约翰·克利斯朵夫》中，约翰·克利斯朵夫这个形象不仅浓缩着贝多芬那种不向命运低头的坚强灵魂，而且折射着作家罗曼·罗兰本人永不言败的人生信念；陶渊明诗中的东篱之菊描写的不只是秋日乡村的一处田园风光，更是这位隐逸诗人质朴率真性格和淡泊守志人生的传神写照。因此，文学形象比社会生活中的真实形象更集中、更典型，更能体现人类生活和精神的多样性、丰富性、深刻性及创造性。

相对于那些精细、逼真的教学挂图和科技模型而言，文学形象的不同主要在于它内在形象的鲜活生气和深厚意蕴。教学挂图和科技模型是一种纯粹的代替性符号，其目的在于提供准确、客观的知识和信息，因此制作得越逼真越好。但对于一幅医学人体教学挂图来说，即使它逼真到皮肤毛发、肌肉骨骼甚至毛细血管都清晰可见，也无法传达人的独特情感、个性和精神。文学形象不仅是具体可感的，而且是生动灵活、意蕴丰富的；不仅能够细致再现对象的外部特征，更擅长深入表现对象的精神世界。

（三）文学的超越性

文学的超越性是指文学可以通过艺术想象和审美理想，提升人的精神境界、使人获得心灵自由的特性。优秀的文学作品在其富有想象力的创造中寄寓或投射着人们的社会理想、人生理想和审美理想，而理想总是面向未来的，是对某种当下现实或人生处境的超越。因此，人们在创作和鉴赏文学作品的过程中，其心灵能够在摆脱和超越各种现实关系后获得一种精神的自由，这种精神自由的状态具体表现为读者对人与自然、人与社会现实关系以及对人类自我的超越。

1.对人与自然关系的超越

文学的超越性首先表现为读者通过想象等文学手段，实现对人与自然关系的精神超越。人本来是自然的一部分，不得不受制于自然的规律，但文学可以使人在审美的瞬间暂时超越自然规律的束缚，达到心灵自由的境界。

第一，人在文学中能动地刻画自然并表达自身感受。以宋代张孝祥的《念奴娇·过洞庭》为例：

洞庭青草，近中秋，更无一点风色。玉鉴琼田三万顷，着我扁舟一叶。素月分辉，明河共影，表里俱澄澈。悠然心会，妙处难与君说。

应念岭海经年，孤光自照，肝肺皆冰雪。短发萧骚襟袖冷，稳泛沧浪空阔。尽挹西江，细斟北斗，万象为宾客。扣舷独啸，不知今夕何夕！

这首寓情于景的词作描绘了中秋前夕洞庭湖宏阔、澄澈的画面，抒写了作者纯洁高尚的情操。"着我扁舟一叶""尽挹西江，细斟北斗，万象为宾客"等句颇为传神，展现出作者襟怀坦荡、乐观豪爽的性格以及以自然万象的主人自居的精神境界，其中，"悠然心会，妙处难与君说"一句以虚写实，含而不露，诗人与自然的相契相合跃然纸上。

第二，人在文学中实现对自然状况的精神超越。文学可以赋予人想象的翅膀，使人能动地驾驭大自然。陆机在《文赋》中论文学创作，有"精骛八极，心游万仞""观古今于须臾，抚四海于一瞬""笼天地于形内，挫万物于笔端"等描述，恰是文学对自然的超越性的生动写照。同时，文学还可以调动人的想象，使人在想象中实现对自然的精神超越。如杜甫的《望岳》：

岱宗夫如何？齐鲁青未了。

造化钟神秀，阴阳割昏晓。

荡胸生曾云，决眦入归鸟。

会当凌绝顶，一览众山小。

这首诗先写泰山的高峻伟大及作者的仰慕之情，然后写它横跨齐鲁两地的壮伟；接着近观它的神奇秀丽和能分割日夜的巍峨形象；之后诗人遥望山中云气迭出的画面，产生了心胸荡涤的感受；最后写登临峰顶的宏愿，表达了诗人不畏艰难、敢于攀登的雄心壮志，显示出诗人坚韧不拔的性格和远大的抱负以及超越自然现实关系的精神力量。

第三，人在文学中与自然结为知己。郦道元在《水经注·江水》中有这样的描述："山水有灵，亦当惊知己于千古矣！"李白在《独坐敬亭山》中写道："相看两不厌，只有敬亭山。"孟浩然在《宿建德江》中写道："野旷天低树，江清月近人。"辛弃疾在《贺新郎·甚矣吾衰矣》中写道："我见青山多妩媚，料青山见我应如是。"在这几个例子中，作者都能够自由地把属于人的亲密感情移入自然对象，仿佛自然对象已成为"我"的知己。这些都表明，文学可以传达人对自然的亲如知己的体验，由此实现人在精神上对自然的超越。

2.对人与社会现实关系的超越

文学的超越性表现为在艺术世界里对人与社会现实关系的超越。与人在现实生活中总是受到社会关系的支配不同，文学审美使人在想象中摆脱现实社会关系的束缚，实现一定程度的精神超越。屈原在现实政治斗争中，因谗人离间，信而见疑，忠而被谤，充满痛苦悲怨，但他在《离骚》的艺术想象中象征性地描绘出一个"制芰荷以为衣兮，集芙蓉以为裳"的高洁人格形象，表达出"路漫漫其修远兮，吾将上下而求索"的执着人生理想，实现了对群小当道、美丑不分的混沌之世的精神超越。巴金在创作小说《家》时就经历了一个从苦难到新生的精神涅槃过程。这篇小说取材于作者长期生活过的封建大家庭，在那里，作者见过太多的虚伪、腐朽和残忍，这一切长期重压在作者的心灵上，使他由于爱怜而痛苦，同时又对封建大家庭充满憎恨和诅咒。为了表达对旧家庭、旧制度的控诉，更为了表达对新生活、新理想的追求，巴金写出了《家》这部充满强烈憎恨和同情的作品。他也由此在精神上彻底否定、告别了那个旧家庭所代表的腐朽社会制度和生活方式。

人们常常在文学中寻找理想、追求理想。高尔基是无产阶级作家，一生致力于改变社会不公和建立理想社会，文学则是引导他走上这条道路的重要力量。当高尔基在生活中看不到希望的时候，是文学给他指出了一条人生之路，他的人生经历和文学经验生动说明，优秀的文学可以帮助人树立远大理想、超越现实苦难。

3.对人类自我的超越

文学审美是心灵的自由活动。在文学审美中，审美主体的各种心理要素相互结合、相互促进，形成一种自由协调的精神活动，从而使人产生心灵的愉悦。这种审美体验会使人的感觉异常敏锐，使得整个心灵得到舒展和解放。钟嵘这样评论阮籍的《咏怀》："《咏怀》之作，可以陶性灵，发幽思。言在耳目之内，情寄八荒之表。洋洋乎会于《风》《雅》，使人忘其鄙近，自致远大。颇多感慨之词。"美的文学可以陶冶性灵、启发幽思、拓展心胸、完善人格。文学追求完美人性和理想社会的人生信念，是对社会道义的弘扬。

社会道义浸透在文学中，读者在阅读的快意里自然能感受到道义的力量。文学的审美愉悦在人的整体意识里扩展开来，会激发读者追求自我完善的冲动，人的灵魂由此得到洗涤和净化。

文学审美活动的精神超越性，可以潜移默化地促进人的感性与理性、能力与志趣、道德精神与审美情趣的多方面协调发展，有利于使文学成为陶冶人们的道德情操、抒发人类的美好理想、丰富人们的艺术享受、推动社会发展进步的重要学科。随着社会的发展进步，人们对精神文化有了更高的需求，文学将在增强人们精神力量、丰富人们精神世界方面发挥越来越重要的作用。新时代的文学创作应努力用现实主义精神和浪漫主义情怀观照现实生活，彰显信仰之美、崇高之美，传递真、善、美和向上向善的价值观。

三、文学是语言的艺术

文学与其他社会意识形态的区别在于它是一种审美艺术，而与其他种类艺术的区别则在于它是一种语言艺术。语言的媒介性质，为文学艺术的生成提供了物质符号基础。作为文学的媒介，语言深刻、全面地影响着文学活动的每个环节，使文学呈现有别于其他艺术门类的间接性、精神性和蕴藉性。

（一）文学的间接性

文学的间接性，又可称为非直观性，是指文学不能像绘画、舞蹈、戏剧、影视艺术等其他艺术门类那样直接模拟、呈现现实世界的物象、声音与事件等，必须通过语言符号，使读者在头脑里展开想象和联想，从而间接地对现实世界加以呈现。中国古人常用"诗中有画"称赞某人的诗作，这一方面肯定了文学语言描绘画面或形象的能力，另一方面又承认文学在表现画面或形象方面应该以绘画为榜样，但在画面或形象的呈现上又很难真正企及绘画。事实的确如此，文学能够描绘事物的形貌，但总不如绘画、雕塑和舞蹈等艺术门类那样直观、可感；文学能够描摹事物的声音，但总不及音乐那样丰富、真切；文学能够描述人物的行动和事件的发展，但无法达到戏剧和影视的生动逼真。

文学相对于其他艺术门类的长处与短处，都与文学的特殊媒介——语言密切相关。尽管文学中的语言与绘画中的色彩、舞蹈中的形体和动作等，都是艺术的表现符号，但与其他艺术门类的表现符号相比，语言的表现具有明显的非直观性。绘画、舞蹈等艺术是以形象符号塑造艺术形象的，可以直接作用于作者和接受者的感官；文学则是以一种抽象符号即语言文字来表现艺术形象的艺术门类。在文学的创作和接受中，人们需要将语言符号表现的事物转化为一系列内心形象，通过内在的感官来感受这些形象，形成相应的心理表象和情感体验。

文学语言在表现形象上的间接性，使文学艺术形象具有较多的不确定性。"大漠孤烟直，长河落日圆"（王维《使至塞上》），可谓善于状物，但是如果读者没有亲眼见过或在图片、绘画、影视中见过大漠、孤烟、长河、落日，很难将诗句中描写的景色想象得那么真切具体。人们在许多优秀的文学作品中，认识了无数鲜明生动的人物形象，了解了各种各样的社会场景和自然景物，体验过形形色色的故事情节，但还是希望进一步通过影视、戏剧等视听艺术获得更直观的艺术感受。其中的一个重要原因，就是影视、戏剧等大众艺术形式能够创造出比文学形象更加直观、明确的艺术形象，可以更大程度地满足不同文化层次的人们的需要，形成受众的观赏、交流和共鸣效应。

当然，文学形象的间接性也可以为读者插上纵情想象的翅膀，留下更加自由的创造空间和无限遐想。当读者在脑海里把一首诗歌、一部小说或一篇散文的语言符号转化为文学形象时，可以依据自身的生活经验和艺术趣味，再造出无数带有读者个性色彩的具体形象，正是因为文学语言的间接性造成的文学形象的不确定性，才有了所谓"一千个读者就有一千个哈姆雷特"的说法。

（二）文学的精神性

文学的精神性是指文学具有通过语言符号传达人类精神的丰富性和深刻性的特性。"语言是思想的直接现实"这一特点，给文学带来了其他艺术门类难以比拟的精神深刻性。黑格尔曾高度肯定过文学的精神性特征。他认为，与象征型艺术和古典型艺术相比，浪漫型艺术是精神已经溢出物质形式的艺术形态。在所有浪漫型艺术中，诗又是精神的直接表现。诗在损失了部分感性、直观的同时，却更加接近人类的心灵和精神世界，用语言这种最自由的表现手段将精神的深刻和丰富呈现出来。黑格尔肯定了艺术在人类精神的自由发展中的重要作用，赋予了艺术更高的旨趣。

文学的精神性充分体现在文学作品的心理描写之中。造型艺术可以通过对神情和形体的描绘表现人物的心灵，但是没有文学对心理的描写直接；音乐可以运用旋律和节奏直接表现心灵的情感状态，但是很难达到文学刻画心灵的细致、具体。借助语言，文学可以将人们所能体会和认识到的各种心理活动描述出来；借助语言，作家可以自由出入每个人物的内心；文学的语言能够让读者深切地感受到人类灵魂的每一种存在状态。

（三）文学的蕴藉性

文学的蕴藉性是指文学具有在富有艺术意味的语言符号运用中含而不露地表达深长意味的特性。中外优秀作家的一个共同特征，就是能够充分发挥语言符号的审美表现潜力,在有限的语言符号中含蓄而不直露地表达主观情志与生命之思,而且文本的内在蕴涵往往又具有复义性、多样性,难以用直白、明晰的语词加以概括,甚至还给人以含混难解的印象。

中国古代文学理论和创作都很重视文学的蕴藉性。刘勰在《文心雕龙·隐秀》中以"文外之重旨""义生文外"和"余味曲包"等词语来界定文学之"隐",认为优秀的文学作品应该具有韵味无穷而含义丰富的蕴藉性。严羽在《沧浪诗话·诗辨》中说"言有尽而意无穷",讲的也正是文学的这一特点。

对于文学的蕴藉性,国外学者也有大量论述。英国批评家威廉·燕卜荪曾以"朦胧"(也译为"含混")解释文学的蕴藉性:"当我们感到作者所指的东西并不清楚明了,同时,即使对原文没有误解也可能产生多种解释的时候,在这样的情况下,作品该处便可称之为朦胧。"

法国理论家罗兰·巴特也从语词、文本的相互关涉角度,提及文学不同于"直接意指"的"含蓄意指"。在他看来,正是因为在文本结构中存在"直接意指"与"含蓄意指"两个相异的系统,才能使此系统指涉彼系统,造成文学的复义效果。

文学语言的蕴藉性赋予了文学作品耐人寻味的魅力。读者只有认识和把握了文学的蕴藉性特征,跳出语言符号的直接现实指涉和明确概念所指,在对文学语言的领悟和赏析中幻化言内之象、品味韵外之致、体会味外之旨,才能真正进入文学审美的境界,享受到文学审美的滋味与乐趣。

第二章 文学作品的内容与形式要素

第一节 文学作品的内容要素

文学作品的内容指作品中表现出的渗透着作家思想情感、认识评价和社会生活等，主要包括题材与素材、主题与情节、人物与环境、形象与情感。

文学作品的题材有广义和狭义之分。广义的题材是指文学创作的取材范围，即文学作品反映的社会领域，如历史题材、工业题材、农村题材、商业题材、军事题材、爱情题材等。狭义的题材是指作品中表现出的、经由作家在审美体验的基础上，对素材进行加工、改造、提炼后的社会生活现象、心理意象、象征等。

文学作品的题材不同于素材。素材是作家接触到的、未经加工的原始生活材料，题材则是在素材的基础上加工而成的作品内容。题材在作品的内容中具有重要作用，是作品内容的基础。

因体裁的不同，作品的题材也有不同的构成特点：抒情类作品以情感表现为核心，叙事类作品则以人物塑造为核心。题材的形成离不开作家的生活实践和世界观的制约，是作家从积累的创作素材中提炼加工而成的。

通常，我们把社会生活看作题材的主要来源。但一些文学研究者指出，题材虽然与一定的社会生活相关，但更多的却与"母题"相关，如俄国形式主义作家。"母题"最初源于民间文学、民俗学研究，在文学作品中指的是不断以文学形式出现的、人类所面临的种种问题，是文学中最简单的叙述单位，例如各种关于日食、月食的神话,各类有关民俗的传说等。

情感是构成文学作品内容的另一个要素,它充分体现了文学创作中作家的个人因素,这使得作品成为独特的、具体的现实存在,也是文学区别于哲学或科学的重要特征。如苏珊·朗格所说的:"艺术品是将情感(指广义的情感,亦即人所能感受到的一切)呈现出来供人观赏的,是由情感转化成的可见的或可听的形式。"这里所说的情感是指广义上的情感,即任何可以被感受到的东西——既有一般的肌肉觉、疼痛觉、舒适觉、躁动觉和平静觉那些较为复杂的情绪和感受,又包括人类意识中那些稳定的情调。人类的情感无所不在,任何艺术作品都无法脱离情感。

不过,在西方文学理论传统中,历来对"情感"这一要素的阐释不够,柏拉图甚至认为情感是"人性低劣的部分",而诗歌模仿这个低劣的部分则是对理想国有害的。直到启蒙运动以后,由于人性的进一步觉醒,近代哲学出现了人文上的转折,情感这一要素才逐渐受到广泛重视并被深入研究。例如,康德既承认审美意象是一种想象力所形成的形象显现,又将审美判断力与情感相连,认为情感可以使认识能力生动起来。18世纪中叶,鲍姆加登创立美学,试图建立一种以人的感性为研究对象的科学,但在他的理论中,感性和情感仍然是"初级的",还有待提升到理性的高度上去。

在试图回归自然、情感,寻求完美人性的浪漫主义者那里,情感受到了空前重视。浪漫主义强调情感的自然流露,强调直抒胸臆。情感不仅是作家个人激情与自由意志的表达,更是一种来源于人本身的、前所未有的创造力,它可以使主体逐渐摆脱理念的约束。20世纪的表现论是西方最为重要的艺术理论之一,其基本内容是阐明艺术的本质在于情感表现。克罗齐直接把艺术归结为直觉,把直觉归结为情感表现;科林伍德进一步强调艺术的表现性特征,认为只有表现情感的艺术才是真正的艺术。然而,在实证主义思潮的影响下,客观的普遍性再一次战胜了主观的个体性。

对于注重个体性的中国传统文学理论来说,情感这一要素从一开始就处在非常重要的位置上,因此在中国传统文学理论中,有"诗言志"和"诗缘情"

两种强调艺术作品应该表现情感的观点。不过，需要注意的是，中国古代文学理论强调情感并不等于强调或突出主体的作用，相反，它强调的"情"是具有普遍内涵的情感，而非一己私情。

在传统文学理论中，文学形象是构成文学作品内容的重要因素。文学形象塑造得成功与否，是衡量文学作品尤其是叙事类作品成功与否的重要标志。与哲学、科学不同，文学主要用形象来反映生活，表达情感。正如黑格尔所说的："艺术观照和科学理智的认识性探讨之所以不同，在于艺术对于对象的个体存在感到兴趣，不把它转化为普遍的思想和概念。"文学形象包含着深刻的社会生活本质与内涵，既是具体的、感性的、个别的，又是具有普遍性的。

"形象"一词的本意指人物或事物的形体外貌，具有可视、可触和可感的形状。日常生活中所说的形象是客观存在的，其外部形式特征是事物所固有的，而文学形象与日常生活的形象有所区别，它是作家主观虚构和艺术想象的结晶，灌注着作家的文化情趣和审美理想。值得注意的是，西方文化自现代以来逐渐成为世界主流文化，常常把"形象"看作一个独立于主观世界和客观世界之外的中介世界。这个中介世界类似于卡西尔哲学思想中的符号世界，哲学、科学、历史、神话、艺术都是人们为了认识世界和表现世界而创造出来的符号世界，人通过符号来认识世界，世界通过符号呈现给人们。在全球化的时代背景下，形象的意义表达形式逐渐发展为三种：现代艺术中的美学意象、日常生活中的各类图像和文化互动中的文化形象。

在文学理论中，人们常常把"形象"与"意象"一词混用。广义的文学形象指的是文学作品中描写的人物、景物、环境等一切有形物体所构成的艺术画面，而狭义的文学形象专指作品中的人物形象。文学形象不仅限于视觉形象，而且包括人的五官所能感识到的一切形象，甚至包括更深层次的、经由人生感悟引发的超越"象"的境界。在西方，优秀的文学形象被称为"典型"，是作家成功塑造的生动丰富的艺术形象。较之一般的形象而言，它更能深刻地揭示和反映社会现实甚至人类历史的发展方向。在中国古代，文学形象的塑造更多的是追求一种超越五官感知的"境界"，要求透过眼见之"象"，体悟人与自然、人与世界的融通之感。虽然中西方对文学形象的塑造方式、呈现方式不同，但殊途同归，都是通过诉诸具体物象来表达作家对世界的理解和感受。

"典型"理论源自西方，是西方文学理论对文学形象的深入理解，是现实型文学形象的高级形态。"典型"主要出现在叙事类作品中，是由一连串意象所组成的形象体系，其中那些既包蕴着丰富的社会生活内涵，又具有高度个体性的优秀形象就是典型。早在古希腊时期，柏拉图和亚里士多德就开始探讨这一问题。典型说在西方大致经历了三个主要发展阶段：第一阶段是在17世纪以前，以古罗马的贺拉斯、法国的布瓦洛等为代表，注重典型的普遍性和共性，强调类型概括。第二阶段是18～19世纪，典型逐渐开始由重视共性向重视个性转变。这一时期，法国的狄德罗、德国的莱辛等人注意到环境对塑造典型的重要作用，开始把典型与具体现实联系起来，形成了以强调个性为主的"个性特征说"。第三阶段从19世纪80年代末开始，主要是马克思主义典型观的发展和成熟使典型理论发展到一个崭新阶段，例如恩格斯提出的现实主义要"真实地再现典型环境中的典型人物"等。

典型形象为什么具有深刻的普遍意义呢？马克思的"人是社会关系的总和"这一观点具有较大的启示意义。丰富的社会实践塑造着一个人的性格形成：一方面，个人会在社会关系中体现出自身的独特性格；另一方面，这些性格也会接受社会关系的考验与重塑。对典型形象的性格分析成为现实主义文学批评的重要传统，文学史上那些著名的人物之所以意味无穷，就是因为他们有着内涵丰富的性格特征。从这个意义上讲，文学批评正是通过深入的性格分析来透析复杂的历史景象、透视特定历史时期的社会关系的。

"意境"是中国古典文学理论和传统美学的独特范畴。"意境"是由一系列意象组合而成的，追求一种超越具体情景、事物和身心感知的体悟，所以它更多地出现在抒情文学作品中。"意境"与"意象"这两个概念关系密切。"象"这个词出现在先秦时期，《易传·系辞》中说："书不尽言，言不尽意"，要"立象以尽意"。到了魏晋时期，"象"逐渐转化为"意象"，在刘勰的《文心雕龙·神思》篇中有"独照之匠，窥意象而运斤"。在中国古典文学理论中，

"意"是诗人的主观情志,"象"是客观事物或形象。中国古典诗学不仅关注诗所传达的意象,更关注"言外之意"或"象外之象",即我们所说的"意境"。"境生于象外",更多强调的不是某种有限的"象",而是虚与实、有限与无限相结合的"象",正如宗白华所言:"化实景为虚景,创形象以为象征,使人类最高的心灵具体化、肉身化,这就是'艺术境界'"。在西方古典诗学中,"意象"也是一个关键词,与想象力、感知、心象、表征等诸多概念密切相关。

"意境"有三个主要特征:情景交融、虚实相生和韵味无穷。对"意境"的理解与分析应该从动态角度,即情与景、虚与实等的相融相生切入,不宜把它们看作机械的叠加。中西方文学艺术由于各自文化背景、哲学传统、思维方式、社会根源等的不同而显现不同的特点,"典型"和"意境"是中西方文学理论最具代表性的理论范畴,是对艺术美的本质进行探索的结晶。

第二节 文学作品的形式要素

文学作品的形式是文学作品内容诸要素的组织结构、表现手段和具体的外部形态,是文学内容的存在方式,主要有语言、结构、体裁等要素。语言是文学区别于其他艺术门类的根本特征,结构是文学语言的组成方式及其系统,体裁是在各民族的文学史中沉积下来的、相对稳定的结构方式。

一、语言

"文学的第一要素是语言",它直接构成了文学作品的物质表象,也是文学构成的媒介和存在方式。

文学作品作为作家审美意识的物化形态,必须通过文学语言加以呈现,文学语言既是文学表现内容的手段，又是连接文学形式各因素、构成文学存在形式的要素。在文学实践和文本生成过程中，文学语言的功能不只是表达意义、传递内容，还能诉诸感性审美层面，从而更好地表现与情感相统一的内容。

无论是中国传统的文学实践，还是西方语境中的文学实践，对文学语言的理解都有着极大的共通性。这与文学作为人类审美把握外部世界、表达主体情感和创造特殊文本的特性密切相关。

随着人类社会的不断演进，语言根据使用功能、目的、场合的变化而发生分化。一般来说，语言具有三种基本形态：日常语言、科学语言和文学语言。日常语言突出实用目的，基本功能是传情达意；科学语言具有强烈的工具性特征，基本功能是传达理性的、逻辑的认识；文学语言以审美功能为主要特征，通过声音、结构和审美特质，凸显自身的存在。

文学语言具有形象性、情感性、暗示性、音乐性等特征，但其审美特征最终体现为"话语蕴藉"。"蕴藉"一词来自中国古典诗学，"蕴"的原意是积累，引申为含义深奥；"藉"的原意是草垫，引申为含蓄。文学语言的蕴藉美体现在"意在言外"、含蓄、朦胧甚至含混的审美效果上。从词语、句子、音调、风格、意境等各个层面共同形成了这一特征，使文学文本包含了意义生成的无限可能性，在有限的话语中蕴含无限的意味，营造出一个特殊的情感艺术世界。

文学语言的组织有三个层面：第一个层面是语音层面，包括节奏和音律；第二个层面是文法层面，包括词法、句法和篇法；第三个层面是修辞层面，包括比喻与借代、对偶与反复、倒装与反讽等。

20世纪初，在西方哲学界出现了语言学转向，即通过研究文学、日常用语、逻辑等语言现象和表述方式，挖掘人类更深层的思维与文本表达之间的关系，其中一个主要倾向是从注重思维向注重表达转变。例如，在俄国形式主义作家看来，文学语言最重要的特征在于，它并不为陈述某一具体的事件或抽象的理论服务，即文学语言不指向语言之外；相反，文学语言指向语言本身。

二、结构

　　从词义上讲，"结构"指事物各部分关联组合的方式。在文学理论中，文本结构通常指文本内部的组织架构、部分或要素之间的关联方式。文学文本的结构是一个完整的有机体，包括文本的外结构和内结构。所谓外结构，指文本所呈现的在直观上可以把握的形态特征；所谓内结构，指文本内部各部分或各要素之间的复杂关系，它隐含在文本之中，具有决定文本主导风格的作用。

　　结构在文学作品中的表现是多方面的，包括字词的搭配、语段的组织、人物关系的处理、意象的组织等。在诗歌中，较为明显的是各种韵、格律，它们都有严格的音节或字数限制，在朗读时能够产生音乐上和形式上的美感。

　　"韵"和"顿"的使用，可以帮助作品形成诗歌的节奏和音律感。在"韵"方面，它的最大功用是把涣散的声音联络、贯串起来，使之成为一个完整的曲调。所谓"顿"，即在读完相对完整的句段时，有一个停顿，在句子意思表达完全之后，才可以停止。停顿一般都依赖自然语言的停顿，由此形成的节奏也就是自然语言的节奏。由于西方的语言是注重音声的，其发音的长短、轻重较容易区分，于是显出较为明显的节奏。

　　此外，文章整体的格局安排也非常重要。以什么为纲、为主线，表达了不同的文学观念。例如，在叙事类文学中，"时间"是一个常用的线索；而在刘勰看来，"事义"则是更重要的线索。当然，从语言、格律等方面来考察文章的结构，也是较为常见的。然而在现代西方文学理论中，尤其是结构主义，认为在文学叙事中掩藏着更深层的结构，这个结构来自人类的深层心理结构或者社会结构。在早期结构主义者那里，习惯于把这种文学叙述上的结构还原成人类心理上的固定结构，这个时期的理论较为单纯，主要从叙述的功能角度来考察文学作品。但随着理论研究的深入，一些学者发现这个结构可能是变动的，如罗兰·巴特就发展了索绪尔提出的"能指与所指"理论，提出了所谓的"元语言"。"元语言"是一种语言的整体使用情况，它建立在对具体的言语使用之上，不是一成不变的，会受到变动着的社会意识形态的影响。

总之，结构的功能具有动态性，它不仅体现在具体的文学文本中，而且体现在文学史的发展过程中。一方面，文本结构不是文本中各要素的简单叠加，而是它们之间的互动与整合；另一方面，从文学史的角度看，文本诸要素之间存在着持续的较量，在某一时期某要素会占据主导地位。

三、体裁

从词源上讲，"体裁"这个概念源自拉丁文，本义表示生物分类体系中"属"的概念，一般的意义是"种类"或"类型"。在文学史上，它又可以被称作"文类"，是一个古老的文学批评中的一个基本概念。

在中国的文学理论中，有着大量关于"文类"的文献资料。早在先秦时期，"文类"思想就已经萌芽了，"诗三百"中的《风》《雅》《颂》就是对文类的区分。对文体的划分最早出现在魏晋时期，曹丕的《典论·论文》将"文"划分为四类八体，并指出它们"本同而末异"。其后的文体日趋纷杂，其划分依据也没有定论。萧统在《文选》中将文类分为39类，刘勰在《文心雕龙》中将文类分为34类。再后来，明代吴讷的《文章辨体》、徐师曾的《文体明辨》等对这一问题做过总结。与西方不同的是，这些实用文体在其发展过程中并没有完全从文学中脱离，而是与诗、词、曲、赋等一起成为文学体裁的组成部分。

在西方，柏拉图和亚里士多德等人曾提出过"文类"的概念。在《诗学》中，亚里士多德从模仿的媒介、对象和方式三个方面来区分不同的文类；黑格尔从辩证的角度提出了文体划分的"三分法"；19世纪的俄国文学理论家别林斯基在黑格尔的基础上发展了"三分法"。但在20世纪以后，文学理论界出现了对这种划分方法的质疑，如瑞士的诗学家施塔格尔就提出，不要把具体的文学体裁如诗歌与抒情类文学固定地联系在一起，而应把抒情、叙事、戏剧看成一种观念，这些观念之间是可以交叉使用的如抒情式戏剧。总之，"文类"

是一个历史范畴和文化范畴，不同的时代有不同的文类及其划分标准，不同的文化也因其独特的传统而有不同的文类及其区分标准。

每一种文学体裁都经历了从产生、发展到成熟的过程，这是文学文本的具体存在形式，是塑造形象、表达情感、结构布局、语言运用等方面呈现出来的具有稳定性的审美形式规范。文学史上对体裁的划分标准不一，主要有以下几种：

（1）二分法：把文学作品分为韵文和散文；

（2）三分法：把文学作品分为叙事类、抒情类和戏剧类；

（3）四分法：把文学作品分为诗歌、小说、散文和剧本。

这些分类方法在使用的时候不是截然分开的，它们之间互有交叉，如抒情诗歌、叙事诗、议论散文、叙事散文等。

第三节 文学创作的属性及其创作过程

传统文学理论认为，文学创作是文学活动的重要环节，决定着文学作品的基本面貌。文学作品的内容和形式尽管受到社会生活和文学传统的深刻影响，但最终都是文学创作的直接结果。同时，文学创作也是文学活动中最能体现主体性的环节，从构思到写作，都是创作主体的精神劳动。

在西方文学理论中，"再现论"的传统源远流长，这种理论主张文学艺术应该逼真地再现现实世界。但是，从古希腊的"模仿论"到文艺复兴时期达·芬奇的"镜子说"，再到19世纪的现实主义和自然主义，这个传统并未忽视艺术家在艺术再现过程中的主体作用。同样源于古希腊的"表现论"传统，更是把文学创作看作对作家主体精神世界的表达。

中国古典文学理论对文学创作主体性的强调更为突出，有"言志说""缘情说""物感说""养气说""载道说""童心说""性灵说"等,尽管这些理论的具体针对性各有不同,但都一致肯定了作家的主体性在文学创作中的主导作用。以作者为中心的理论体系之所以在中西文学传统中都长期占据主流地位,一个很重要的原因就在于它们对文学创作的主体性的高度重视。

自20世纪以来,上述关于文学创作的两个基本认识都遭到了质疑和挑战。

一方面,文学阅读和接受环节受到空前的重视,读者通过文学阅读过程,不仅参与了文学意义上的生产,而且读者的审美需求和阅读习惯也可能直接影响作家的创作。文学的创作与阅读是相辅相成的,文学创作的成品是文学阅读的对象。同时,任何文学创作都有一定的文学阅读作为基础和前提,任何文学创作也都有对假想读者的预设。因此,文学创作不再是由作家及其创作过程单方面决定的,读者和文学接受同样参与了创作过程。现象学、阐释学、接受美学、读者反应批评等理论都有这方面的相关论述。

另一方面,在后结构主义的冲击下,主体性哲学摇摇欲坠,主体不再是一个固有的、稳定的存在,主体被各种社会因素建构起来,并始终处于不断被重构的状态。

一、文学创作的双重属性

文学创作作为一种特殊的精神文化生产,具有双重属性:一方面,它具有一般文化生产的性质,是在特定的社会物质条件下和社会文化环境中进行的;另一方面,它又是一种独特的艺术创造活动,是经由作家个体的艺术实践而得以实现的。

(一)作为文化生产的文学创作

文化生产是人类社会实践的重要领域,文化生产的性质使文学创作具有鲜明的社会性。从历时性的角度看,文学创作具有以下特点:

第一,文化生产是人类社会发展到一定阶段的产物,只有在满足基本的物质生存条件下，人类才有时间从事文化生产活动，这是文学创作得以存在的社会前提；只有在社会分工出现以后，才会产生专门的文化生产部门和文化生产者，这是文学创作得以专门化的社会前提。

第二，不同社会发展阶段所能提供的不同物质技术条件对文学创作产生重要影响。例如，在文学发展中，韵文先于散文是一种普遍现象。这正是因为，在造纸术发明和广泛使用之前，用于记录文字的材料要么昂贵，要么使用不便，口耳相传是当时重要的传播方式，因而朗朗上口、便于记忆的韵文成为文学创作的首选。随着造纸术和印刷术的日益成熟，篇幅较长的散体文创作才渐渐发达起来。长篇小说在文学史上相对其他文学体裁来说，出现得较晚，社会物质技术条件的限制是一个重要原因。同样，小说创作在现代时期的繁荣，也在很大程度上得益于机器印刷、商业出版和教育普及等社会物质文化条件的提高。

第三，不同社会发展阶段对文化生产的组织方式影响着文学创作的性质和方式。自 20 世纪以来，随着商品生产的逻辑从物质生产领域不断向各种文化生产领域扩张，人们提出了"文化产业"的概念，出版机构除了在对文学作品的艺术水准、思想道德水准进行把关，还增加了商业运作功能，文学作品也同时具有了文化商品的属性，这既从宏观上对作者的自我定位和文学观念产生了影响，又在题材的取舍、风格的形成、文体的选择等方面对文学创作产生了具体影响。

从共时性的角度看，文学创作具有以下特点：

第一，任何语种、民族和地区的文学创作，都与其所处社会区域的物质文化生活具有不可分割的联系，因而文学创作像任何文化生产一样，不可避免地具有民族性、地方性，这也使得世界范围内的文学创作在艺术形式、题材内容等方面呈现千姿百态的面貌。例如，中国古典诗歌的整齐对仗、西方十四行诗移植至中国后交替回环的用韵，即是分别建立在汉语和拼音文字的不同语言特征的基础之上的。

第二，不同文化生产部门之间的相互影响，也把诸多社会性因素带入文学创作中。科技的发展，不仅催生了科幻小说这一新的文学体裁，为文学创作提供层出不穷的新鲜题材，而且为文学创作在艺术形式上的探索开拓了新的空间。例如，复杂的叙事技巧的发展与传播技术的现代化不无关系；当下网络传播的超链接技术和集文字、声音、动态图像于一体的多媒体技术，也正在给文学创作带来前所未有的可能性。

总之，文学创作作为文化生产，其生产过程和生产方式具有社会性，在精神内容、意识层面上具有社会性，在艺术形式、审美风格上也具有社会性，而人类社会物质生产的发展程度与组织方式经由这些社会性因素间接地影响文学创作。

（二）作为艺术创造的文学创作

然而，文学创作不仅仅是一般的文化生产，而且是一种艺术创造活动，具有个性化和超越性的特征。文学创作是一种个体精神劳动，是个人艺术天赋、文学修养、生活阅历、思想境界的凝结。前面谈到的文学创作的社会性，也是经过作家的个体实践才得以呈现出来的。

进入文学创作的社会生活，是作家所感知的社会生活，打上了作家个人的心灵烙印；最终呈现在文学作品中的社会生活，以一种独特的语言形态和叙事结构而存在，体现了作家创造艺术形式的才能和风格。对于同一种社会生活内容，经过不同作家的体验和创作，最终在作品中可能呈现出不同的面貌。在古今中外的文学史上都不乏这样的例子。1923年夏，朱自清和俞平伯同游秦淮河，事后同以"桨声灯影里的秦淮河"为主题各写一篇散文，对游历的记载各有侧重，由景物、人情引发的思绪也颇为不同，文笔风格意境更是各异其趣。这个例子充分说明了文学创作的个性化特征。

艺术创造活动的心理动力来源于内在的审美需求，它对于现实的物质条件和社会文化环境具有一定的超越性。其主要体现在这样三个方面：对现实生存的功利性的超越、对具体模特和范本的超越、对某些落后于时代的社会道德秩序的超越。

从第一个方面讲，人类的需求是多层次的，在基本需求层次上，人们以功利性的眼光审视自身与世界的关系，以功利性为目的进行社会实践活动，人类的现实存在是不自由的；在更高的需求层次上，人类还要追求精神自由、心灵愉悦，艺术创造活动正是满足后一种需求的主要途径。因此，艺术创造活动不会受限于现实功利逻辑。一双被扔掉的破旧农鞋在现实生活中毫无价值，人们也不会留意它的形状和质地，但经过凡·高的艺术创造，它成了一种审美对象，人们可以从它破损泥污的形象中感知多种信息，引发种种体验感悟，这双进入画布的农鞋也因此被创造出新的价值。文学创作也是如此，在现实生活中一些令人厌恶或恐惧的人物、场景，在艺术作品中却给人们带来深刻的情感震撼和心灵体验，对读者产生了巨大的吸引力，甚至成为经典的艺术形象。

从第二个方面讲，生活是艺术的范本，但艺术不会按生活原样原封不动地临摹，而是按照审美原则进行创造性加工，被创造出来的艺术形象往往凝聚着艺术家的理想。例如，人体雕塑创造出来的是理想的人体形象，在身体比例上比现实中的模特儿更符合标准。亚里士多德在评价古希腊戏剧家时这样说："索福克勒斯是按照人应该有的样子来描写，而欧里庇得斯是按照人本来的样子来描写。"他更推崇索福克勒斯的创作，在这里，"应该有的样子"正是体现了艺术创作对现实的超越。

为了超越现实的局限，艺术家不仅会对模特儿或素材加以改造，还往往根据多个模特儿进行取材，"杂取种种人，合成一个"，鲁迅在谈自己的小说创作时就指出：所写的事迹，大抵有一点见过或听到过的缘由，但绝不全用这个事实，只是采取一端，加以改造，或生发开去，到足以几乎完全发表我的意思为止。人物的模特儿也一样，没有专用过一个人，往往嘴在浙江、脸在北京、衣服在山西，是一个拼凑起来的角色。

从第三个方面讲，社会的价值观和道德秩序是在社会生产关系和生存状态的基础上形成的，但它一旦形成，就拥有相对的独立性和稳定性，当后者发生急剧变化时，价值观和道德秩序跟不上变化，就体现出一定的滞后性。在文学史上，我们常常会发现这样的现象：在社会变化比较剧烈的时候，文学对现实的批判尤为突出；在当时被斥为伤风败俗、被列为禁书的一些作品，在新的时代则被誉为启蒙的先驱。这种评价上的变化,其实可以体现出这些作品在思想、精神领域的敏锐性和先锋性,也体现了文艺创作对于那些落后于时代的价值观、伦理观的超越。

在具体的创作实践中,文学作为艺术创造活动而具有的个性化、超越性与文学作为文化生产活动而具有的社会性是并存的,也是对立统一的,这样的双重属性给文学创作带来了极大的张力。

(三) 文学创作的主体

既然文学创作具有艺术创造与文化生产的双重属性,那么创作主体就不只是作为个体而存在的作者,而且包括文化生产体制和文化生产机构。前者是通常意义上的作者,即狭义的作者,他们是文学作品的直接写作者;后者是广义的作者,包括组织、策划、出版等生产环节,它们或直接或间接地参与了文学创作过程,并对文学作品的最终形态产生影响。在传统文学创作论中,对作者的关注主要集中于狭义的作者,把文学的生产传播环节笼统地理解为影响文学创作的社会文化因素,没有充分认识到它们也是创作主体,并对创作过程有直接的介入。自20世纪以来,随着西方哲学对主体性问题的思考有所深入,文学理论对创作主体的认识也有明显的扩展。文化生产的体制和机构的主体性体现在以下方面:

第一,文化生产体制通过文学创作的选题策划和编辑修改等环节,与狭义的作者形成直接的合作互动关系,从而介入具体的文学创作过程。

第二,文化生产机制对一定时期文学标准和创作方式的形成有一定程度的参与,在宏观上影响文学创作,如将从个人兴趣出发的业余创作与在现代文化生产机制下的职业化创作相比较,作家对题材、风格、体裁的选择,作家所表达的思想倾向、价值观,以及作家的创作方式和进度都会有所不同。

第三,文化生产机制通过参与对作家身份的认定、对作家成就的评价,从而把自身对文学创作的要求投射在作家的自我要求和创作过程之中。

第四,文化生产机制还参与对文学作品的推广传播,这不仅直接介入了对文学意义系统的创造，而且使作家在文学创作中必然纳入对传播方式、传播对象的考虑。例如，随着现代文化市场的形成，文化生产机制从传统的作者主导型转变为市场主导型，文学作品的传播范围大大扩展，从而使影响创作过程的因素更为复杂，使创作主体的构成更为复杂。

总体而言，作为狭义作者的创作者个体与作为广义作者的文化生产机制，都是文学创作的主体，二者之间既存在一定的对抗性，又形成相互依赖、相互妥协的关系，因而创作主体既具有个体性，又具有社会性。

二、文学创作的影响因素

文学创作的双重属性决定了文学创作是主体与客体相互作用的过程，既离不开作家个人的精神劳动，又是在具体的社会历史语境中发生的。同时，文学创作还依赖一定的文学传统。影响文学创作的因素比较复杂，一般可以从作者、社会和文学传统三个方面进行考察。

（一）文学创作与个人素质

文学创作是一种个体化的、具有创造性的、特殊的精神文化活动，它对作家的个人素质有特别的要求。在中外文学理论中，有大量的相关论述，有的理论认为作家的艺术才能主要来自个人天赋，如柏拉图的"灵感论"，康德的"天才论"，克罗齐、科林伍德的"直觉表现主义"，曹丕的"气之清浊有体，不可力强而致"，王国维的"主观之诗人不必多阅世"等。有的理论看重后天的阅历和艺术修养，我国古代有"诗穷而后工"的说法，西方从古希腊起就强调修辞、结构等技巧的重要性。还有的理论认为，天赋与后天的阅历、训练相结合，才能真正成就一个优秀的艺术家，这种看法更符合实际，也是古今中外的主流观点，古罗马的贺拉斯在《诗艺》中明确指出，"苦学而没有丰富的天才，有天才而没有训练，都归无用"，清代叶燮提出的"才、胆、识、力"说，都是这种观点的代表。

具体而言，文学创作所需的艺术才能主要体现在两方面：一是对生活经验具有高度的艺术敏感，二是对审美形式具有高度的艺术敏感。

第一种素质使作家与一般人相比，更擅长把生活经验转化为艺术经验。任何文学创作都不是凭空产生的，不可能是"无米之炊"，它必然以一定的生活经验作为创作材料。但文学创作不是对生活经验进行历史还原或客观再现，而是把生活经验作为艺术体验的对象，经过作家主观的选择、提炼、加工之后，形成一种具有想象性的艺术经验。它凝聚着作家的感受和情绪，虽然此时它还只存在于作家的想象之中，但已经是一种创造物，相对于原有的生活经验来说，已经被赋予了新的意义。

生活经验分为直接经验和间接经验。直接经验与文学创作的关系较为明显，不少文学作品都带有作家自身经历的影子；间接经验在文学创作中的呈现更为内隐，往往要通过作家对自己创作过程的解说，才能发现其痕迹。间接经验给作家带来了更多自由发挥的空间，也对作家的艺术才能有更高的要求。在大多数时候，作家对间接经验的接受是零散的、不完整的，这需要作家对经验材料的意义进行创造，使原本互不相干的经验材料由于新的意义的关联而成为一个有机整体。

在想象中把生活经验转化为艺术经验只完成了文学创作的一半，作家还需要具备第二种素质，即对于审美形式的艺术敏感。如果没有审美形式作为艺术经验的载体，艺术经验就只存在于作家的想象之中，只属于作家个人，不属于读者，不属于社会，也不能进入文学传统。作家能否为艺术经验创造出恰当的审美形式，是艺术作品成败的关键。

陆机在《文赋》中所讲的"恒患意于称物，文不逮意"，就涉及文学创作对两种素质的要求。如果对生活经验缺乏艺术敏感，作者或者对经验材料视而不见，或者从经验材料中感受、提取的意义较为牵强或平淡，缺乏艺术深度，这就是"意不称物"；如果对审美形式缺乏艺术敏感，则作者不能为生活中的艺术体验找到恰当的载体，使艺术体验在表达和传递的过程中发生扭曲或损耗，这就是"文不逮意"。这两方面素质的获得，既需要一定的艺术天赋，又需要后天的艺术修养。

在艺术才能之外,学识、思想、胸襟、阅历也是有利于文学创作的重要个人素质。首先,这些素质可以丰富作家的间接生活经验,丰富文学创作的素材。其次,这些素质可以开阔眼界,提升境界,使作家对生活经验的艺术体验更为丰富和深刻。最后,这些素质有助于作家提高自身在艺术形式方面的修养。综上所述,文学创作是有门槛的,在艺术和思想学识上具有必要的素质,是文学创作的前提。此外,其他一些个人因素,如作家的人生经历、个性偏好,以及某些偶然的触发因素,都会对具体的文学创作产生一定的影响。

(二)文学创作与社会因素

文学创作虽然是个体精神劳动,但任何作家都生活在一定的社会关系网络之中,其创作过程也是在一定的社会环境中进行的,因而时代性、民族性、道德伦理观念、文化生产方式等多种社会因素都会对文学创作产生影响。这些因素既是文学创作的重要素材,又制约着作家主观世界的形成。因此,作家对生活进行怎样的艺术体验,从经验材料中提炼怎样的主题,都会受到这些因素的影响或引导。另外,这些因素也会影响作家的创作方式和对艺术形式的运用。

时代生活内容和时代精神风貌通常会对文学创作产生重要影响,甚至构成一定时期文学作品共有的时代主题。在18~19世纪的法国,资产阶级作为一种新兴的社会力量,急欲改变原有的社会秩序,表现出蓬勃的生命力和不择手段的进取心,而封建贵族并不愿意主动放弃既得利益,不同势力、不同利益之间矛盾尖锐、对抗激烈,导致了一系列社会动荡。19世纪,法国文学的成就达到了一个历史的高峰,与这一时期的文学家对时代的深切关注是分不开的。

民族性对文学创作的影响如同盐溶于水,无处不在,因此文学往往是一个民族文化精神的重要表征,是民族文化的主要构成内容。民族性的生活内容是文学创作的直接经验材料,民族语言直接塑造了文学的面貌,民族性的价值观和审美心理制约着文学的思想、情感、风格、形式,民族文化气质赋予文学独特的精神风貌和艺术魅力,民族命运往往是文学创作的关注焦点,尤其是在一个民族面临某种危机或处于历史转折的时期。

道德伦理观念与文学创作之间的影响是双向的。文学创作关注人类生活，道德伦理是其中的重要内容，在具体文学作品中体现的道德伦理观念，大体上与作家的道德伦理观念一致，不可避免地受到社会主流道德伦理秩序的影响。同时，文学作品的道德内容也会对社会价值观产生影响。文学诉诸感性，因此其艺术感染力往往使得文学作品的道德熏陶作用优于一般的道德宣传。在历史上，人们很早就注意到文学艺术的教化功能，常常据此对文学创作提出道德要求，例如儒家的"美教化，移风俗"，古希腊思想家亚里士多德的"净化说"等。

社会因素并非孤立地对文学创作产生影响，而是通过相互作用、相互牵制形成合力的。

（三）文学创作与文学传统

文学创作与客观世界和作家的主观世界都存在密切关系，同时文学自身也构成一个相对独立的世界，这就是文学传统。文学传统包括作为实体存在的作家作品的集合，以及在精神层面上存在的关于文学感受、审美标准、形式规范的共识，这两个层面相互印证、彼此补充。文学传统是动态的，是人类文学实践的积累过程，在这个过程中，人们对既有的文学创作进行筛选、评价，实施经典化，为未来的文学创作提供标准和范本。对于作家而言，具体的文学创作总会受到文学传统的影响，这种影响体现在以下几个方面：

第一，人们通常是从一定的文学传统中获得关于文学的基本判断，例如，什么是文学、什么是好的文学作品、什么是作家、什么是语言技巧、什么是艺术虚构等。这些认识为作家进行创作提供了一个基本的规范，使强调感性、个性化、独创性的文学仍然要遵循一个相对稳定的创作标准。

第二，文学传统有助于作家提升艺术修养，积累创作经验。作家在文学传统的熏陶中，可以发展自身的艺术品位、审美能力、思想情操。从技巧上讲，作家需要从前人的经验中学习处理经验材料和运用艺术技巧的方法。

第三，文学传统形成了一定的文学类型和艺术风格，在不同时代、不同作家的创作中反复出现。

第四，文学创作对传统不仅仅是被动地模仿和继承，而是不断融入新的创作，使文学传统不断丰富，甚至新的创作还会有意颠覆传统，以此来突出自身的创造力。因此，文学传统不仅从正面影响文学创作，而且影响着作家的艺术探索。

作家的个人素质、社会历史因素，以及文学传统，对于文学创作而言，都是重要的影响因素，它们既给文学创作提供各种材料和资源，也给文学创作带来种种限制。因而，文学创作与各种影响因素之间构成了复杂的矛盾关系。文学创作作为一种精神创造活动，既不能摆脱各种客观的和主观的条件，又总是力求超越个人和社会的种种限制。

三、文学创作的动态过程

在分析了文学创作的双重属性和影响因素之后，下面将具体分析文学创作的过程。文学创作过程是文学活动的主要环节之一，一般包括这样两个层次：一是在艺术体验中创造审美意义系统，即通常所说的艺术构思；二是为审美意义系统创造独特的艺术形式，即通常所说的艺术表达。在具体创作实践中，这两个层次可能是同时进行的，也可能是分阶段完成的。

（一）对世界与生活的艺术掌握

人类在面对自然世界和社会生活时能够对之进行艺术掌握，是一切艺术活动的前提。德国哲学家康德认为，纯粹理性、实践理性、判断力先天地存在于人类的主体精神结构中，因此在精神活动中相应地形成了科学、伦理、艺术三大领域。马克思在《1844年经济学哲学手稿》和《〈政治经济学批判〉导言》中进一步指出人类掌握世界具有四种基本方式：理论的方式、艺术的方式、宗教的方式、实践精神的方式。艺术掌握的方式，意味着人类能够把主体包括内在的尺度运用到对象身上，能够按照美的规律来进行创造。可见，人类在认识世界和体验世界的过程中，不仅有能力发现其中的自然规律，对世界进行改造，使之符合人类生存的实际需要，而且有能力建立一定的道德伦理秩序，以调节各种社会关系，从中获得审美快感。因此，经过艺术掌握而重新呈现在人们眼中的世界，具有独特的形象和意义。例如，韩愈在《山石》中写道："山石荦确行径微，黄昏到寺蝙蝠飞。升堂坐阶新雨足，芭蕉叶大栀子肥。"在眼目所及的景物中，率先吸引诗人的是嶙峋的山石，诗人对它的兴趣不在于它的矿物质构成或地质年代，不在于它的实际功用，而是因为它坚硬的质地、奇特的形状、厚重的色泽触发了主体的某种感性体验，这种体验就是人对世界的艺术掌握。

人在对世界与生活的掌握中，都会产生一些艺术体验，但这种艺术掌握大多是无意识的、不自觉的，一般不会进一步发展为艺术创作。例如看见美丽的自然景物，一般人都会产生审美愉悦，但未必会就此写诗、作画。艺术家则不同，他们能够意识到自己对外物的某种感受是艺术体验，甚至有意识地为平凡的风景赋予不同寻常的美感，有意识地从普通生活场景中挖掘能够反映社会生活本质、触及人们灵魂深处的意义。艺术家对这种超乎常人的审美感受，往往都有切身体验和自觉认识。雕塑家罗丹曾说："所谓大师，就是这样的人，他们用自己的眼睛去看别人见过的东西，在别人司空见惯的东西上能够发现出美来。"福楼拜在与莫泊桑谈创作时也强调："对你所要表现的东西，要长时间很注意去观察它，以便能发现别人没有发现过和没有写过的特点。"

所以，日常生活中人们对世界的一般性审美体验与文学创作过程中作家对世界的艺术掌握，虽然具有关联性和相似性，但并不能完全等同。文学创作过程中作家对世界的艺术掌握是一种综合了长期生活经验、艺术积累和敏锐的艺术天赋而产生的精神活动，也是一种综合了知觉、想象、情感、理性的精神活动，能够从个别的、特殊的物象中意识到它的存在，比一般性的审美体验更具概括性和创造性。这种创造性的构思，最初往往是作家因外物触发而产生的无意识活动，但它的完善成形却离不开作家对既有经验进行有意识的筛选、增删、改造和整合。

（二）以形式为载体的艺术加工

在艺术家对世界的审美把握中，世界已经不再是原来的状态，而是呈现出新的形象和意义，但它们可能还只是存在于艺术家的主观意识之中，如果要记录、描绘、传递这些形象和意义，就需要为之创造审美形式，艺术作品总是以具体的语言文字、线条、形体、色彩、音符、旋律等实体形式而存在的。

在有些时候，艺术形象和审美形式是同时获得的。例如，在某些诗歌的创作过程中，生成意义系统的不是那些已经被抒发了无数遍的思想情感，而是对意象的捕获和对音韵格律的呈现。一些小说作家会有意识地运用独特的叙事形式来构造意义系统，如伍尔夫的《达洛卫夫人》《到灯塔去》、博尔赫斯《小径分岔的花园》等，在这些例子中，艺术形式本身就意味着作家心目中的形象和意义。

当然，在大多数的创作过程中，作家首先在对世界和生活的审美把握中逐渐构想出艺术形象，经历了艺术情绪的激荡，随之产生艺术表达的欲望，然后进入创造艺术形式的阶段。不仅艺术构思可能经历一个长期的过程，而且艺术形式的成型也可能是一个长期的、反复的过程，例如曹雪芹写《红楼梦》，就曾"批阅十载，增删五次"。

作家在创作过程中之所以存在这样的困难，是因为艺术形式对于形象和意义的表达有局限性。郑板桥从自己的绘画创作经验中，体会到了"眼中之竹""胸中之竹""手中之竹"三者的不相吻合，形象地说明了艺术家头脑中的艺术形象不是实物的再现，而是以经验材料为基础的创造物；而艺术形式又具有一定的独立性，它本身要生成意义，并非只是作为媒介或容器负载作家头脑中的形象与意义。从消极的角度看，这意味着任何艺术形式都难以完美地呈现艺术家希望表达的形象内容和意义系统，以抽象的语言符号为载体的文学就更是如此。中国古人很早就注意到"言不尽意"的现象，陆机讲过"文不逮意"（《文赋》），刘勰讲过"意翻空而易奇，言征实而难巧"（《文心雕龙·神思》），苏轼讲过"能使是物了然于心者,盖千万人而不一遇也,而况能使了然于口与手者乎?"(《答谢民师书》)然而,对于文学创作而言,"言不尽意"也可能产生积极的影响:一是有助于发挥艺术形式的独特审美作用,使人们充分感受到文学作品中音韵、格律、辞藻和结构之美;二是可以使艺术形式的创造同时成为意义系统的再创造,作家对存在于头脑中的艺术体验的表达,就不仅仅是为之寻找一个载体、一个形式,而是对于形象和意义的再次打造。

中国古人意识到"言不尽意"之后,并不是被动地接受这种局限,而是化被动为主动:一方面把诗歌、文章的形式之美发挥到淋漓尽致的地步,融整齐对称与错落有致为一体;另一方面有意识地追求"言有尽而意无穷"的表达效果,形成了含蓄隽永、意味深长的审美风格。

西方艺术家在意识到艺术形式的局限性之后,开始突破再现论中"艺术模仿现实"的观念,突破表现论中"艺术表现心灵"的观念,不再把艺术形式视为表达工具,而强调艺术形式本身所能创造出的审美意蕴。他们在理论上提出"形式的陌生化""有意味的形式""文本的召唤结构"等观念,在创作实践上发展出各种新颖的语言风格、叙事技巧和结构形式,使20世纪的文学创作继19世纪的高峰之后,凭借现代主义走向新的艺术高峰。

就文学创作过程而言,以形式为载体进行艺术加工是一个必经阶段,是文学创作的最终完成,是作家艺术体验、艺术才能的实体化,也是作家艺术个性的体现。在一个完整的文学创作过程中,艺术形象的生成与艺术形式的实现,虽然从理论上来讲是两个阶段,但在艺术实践中是很难被分开的。对艺术形式的加工一般遵循审美性、创造性、个性化的原则,但这个阶段不仅仅是对艺术形式的打磨,更是对意义的重新提炼、对形象的重新塑造。

(三)创作过程中出现的灵感

在文学创作的两个阶段中,都有可能出现灵感。灵感是一种特殊的精神状态,在这种状态中,艺术感知特别敏捷、活跃,创作主体能于一刹那间不由自主地捕获到平时经过艰苦构思也难以得到的艺术形象与审美意蕴。

灵感的产生是主体所不能控制的，具有偶发性。历来对于灵感现象的解释，有的具有神秘主义色彩，如柏拉图认为灵感是受到神的凭附而产生的一种迷狂状态；有的则从心理甚至生理刺激中寻求解答，如李白、王勃借助饮酒，伏尔泰、巴尔扎克借助咖啡等。尽管灵感的确具有偶然性，是稍纵即逝的，但并非全然不可捉摸，它实际上是生活阅历、审美经验的丰富积累，是经过长期创作实践的训练，再加上偶然因素触发而造成的思维的瞬间活跃状态，类似于王国维所说的"三境界"，最高境界的达到需要前两个境界的准备和铺垫，如果没有"独上高楼，望尽天涯路"的艺术志向，没有"为伊消得人憔悴"的执着，也不可能达到"蓦然回首，那人却在灯火阑珊处"的境界。

第三章 文学的价值和功能

文学的价值与功能是文学对人与社会的意义和作用的集中体现。在历史和现实中，文学对于提升人的精神素质、满足人们文化需求并由此推动社会发展，都发挥着重要的作用。充分认识文学的价值与功能，有助于深化对文学性质及其规律的认识。

第一节 文学的价值

文学的价值多种多样，主要包括认识价值、伦理价值、审美价值等，它们共同构成一个相互联系和渗透的整体。文学价值既是作家创造的，又需要通过读者的接受和再创造去实现。文学价值具有相对稳定性，但不是一成不变的。随着社会的变化和人的审美观的变化，人们对文学价值的认识也会发生变化。

一、文学的价值

价值是一个揭示客观事物能否满足人和社会需要的范畴。价值观是人们关于价值本身的认识，以及对人和事物的评价标准、评价原则和评价方法，它反映了主体对客体进行评价的标准和取向，不同主体由于价值观不同，对客体价值的评判也就不同。

(一) 文学的价值及其形成

文学的价值是文学作品满足人和社会需要的属性。文学之所以存在，就在于它能够为人们提供独特的精神力量。一部好的文学作品之所以能够有巨大的精神魅力和对社会的推动力量，就是因为人们可以从中得到心灵的震撼和美的享受，并可以将这种精神力量用于社会实践。

文学的价值是由作家和读者共同创造的，因而文学价值的生成包含两个重要环节，即文学价值的创造和文学价值的实现。作家在其创作的作品中，通过对特定社会生活的艺术表现和评价，创造出一定的文学价值；而读者在其对作品的传播和接受过程中，又会根据自身情况对作品所表现的社会生活和作者的价值立场做出自己的选择和评价，完成文学价值的实现和再创造。

文学价值首先来自作家的创造，是主客观统一的产物。从客观方面讲，文学价值是根源于生活的价值，它植根于社会生活的沃土之中，是社会价值的集中表现与升华。社会生活丰富多彩，无论是平凡小事，还是重大历史事件，都有其特定的意义和价值，因此它们都是文学价值的源泉。

考察文学价值的生成，必定要追溯到体现生活价值这个本源上来。有"诗圣"之誉的杜甫，其诗作的"诗史"价值来自诗人对社会民生的悉心关怀、对社会生活动荡的切身体验和对语言的诗意世界的独创性建构。他在《闻官军收河南河北》中写道：

剑外忽传收蓟北，初闻涕泪满衣裳。
却看妻子愁何在，漫卷诗书喜欲狂。
白日放歌须纵酒，青春作伴好还乡。
即从巴峡穿巫峡，便下襄阳向洛阳。

这首诗勾勒出诗人对着妻儿兴奋地讲述蓟北被收复的捷报，欣喜若狂，畅想来日放歌纵酒、携眷还乡的神态。这首诗以诗人一己之欣喜、家庭之狂欢而抒发出整个时代百姓的共同心愿，映照出全社会由乱而治的喜悦画卷。这不仅使得实际发生的社会事件成为全诗强烈感情流露的现实基础，有助于唤起读者对诗人的忧国忧民情怀的高度共鸣，而且给这首诗增加了"诗史"的价值分量。

再如毛泽东的《七律·长征》：

红军不怕远征难，万水千山只等闲。

五岭逶迤腾细浪，乌蒙磅礴走泥丸。

金沙水拍云崖暖，大渡桥横铁索寒。

更喜岷山千里雪，三军过后尽开颜。

诗中描绘的"长征"首先是一个客观的历史事件，具有巨大的社会历史意义。对于中国革命而言，"长征是宣言书，长征是宣传队，长征是播种机"；对于人类历史而言，"长征是历史纪录上的第一次"。因此，《七律·长征》一诗的文学价值是以"长征"这一事件的价值和意义为现实基础的，若没有"长征"这一伟大壮举，就难以产生《七律·长征》这一杰出诗作。

重大事件与现象所携带的巨大价值往往可以转化为文学作品的内在价值，成为文学作品社会影响力的重要根源。但这一说法成立的前提，是必须充分肯定作家的主观创造在文学价值生成中的作用。作家唤醒记忆，并非只是回顾过去的生活，那样只能不断强化已有的成规俗见。相反，作家往往通过合理的虚构和重构不断挑战成规俗见，由此深化对过去、现在和未来的理解。因而，不能简单地以生活价值本身作为考量文学价值高低的依据，否则极易导致"题材决定论"倾向。

从主观方面讲，文学是人类掌握世界的一种方式，是一种高层次的精神活动，从而意味着文学活动是对生活价值的转化和提升。有的作家虽然认为，"我的责任是面对全部现实，是创作和反映全部现实的文学"，但也同样承认文学要在"可能性"的层面上把握生活，即"一切好小说都是对世界的一种猜测"。文学的价值除了来自表现对象的价值，还体现了艺术创造活动本身的价值，其中既包含着作家对社会生活的感知、认识和评价，也包含着作家的审美创造能力。文学理论家托多罗夫说，文学虽然是一种对生活的模仿，但它首先"是通过语言实现的模仿"，这样看来，审美创造就必须依赖于语言形式。作家通过创作，运用各种语言艺术手段对生活进行表现，使生活价值向艺术价值转化。在契诃夫的《小公务员之死》《变色龙》等作品中，作者准确地把握了现实的丑恶之处，但是其作品的价值离不开那些揭示并鞭挞丑陋现实的语言表达方式。由此可见，现实生活价值与作家的艺术创造共同构成了文学价值的来源。

文学价值的最终实现，是通过读者的阅读和接受来完成的。读者在阅读过程中，通过对作品符号的解读，进入作品的内在空间，了解作品所反映的社会生活关系，理解、体会作者的审美趣味、思想观点和道德立场，赏析作品的艺术手法。在这个过程中，读者由此认识生活，受到感染与熏陶，获得身心愉悦，作品的潜在价值通过读者的阅读和接受成为一种显性的存在。

读者的阅读是一个主动参与的过程，读者的价值观往往会影响其对文学作品价值的认识和判断。在阅读过程中，读者总是以自己的生活经验、审美趣味、认知水平与文化水准作为"前理解"来感受作品、理解形象。据郭沫若自述，他对于屈原形象和对《离骚》的理解，在童年、青年与中年三个时期有着显著的不同。童年时期的他不曾有深刻的感受；青年时期的他成长于新文化运动的开端，性格浪漫而叛逆，继承了以庄子、屈原为代表的"楚骚传统"，以《女神》为代表，开创了现代白话诗歌的浪漫主义诗风；中年时期的他处于艰苦抗战时期，民族危亡激发了他深重的忧患意识，由于生活境遇的改变与思想阅历的增长，他采用"失事求似"的艺术方法，创作了《屈原》这一现代话剧的经典之作，弘扬了时代精神。屈原及其作品对郭沫若不同时期的不同影响，证明一部文学作品的价值显现离不开读者的阅读接受，离不开读者对这部作品的深度挖掘。

（二）文学价值与文学评价

文学价值既具有客观的、相对不变的特性，又具有随接受者及其阅读语境变化而发生变化的特性。文学作品作为文学价值的载体，是作家对社会生活进行艺术反映与表现的产物。曹雪芹在撰写《红楼梦》时，"披阅十载，增删五次"，当这部小说诞生后，其中所蕴含的文学价值具有了相对稳定的特性。但是，对于同一部作品，由于不同时期、不同读者的解读不同，其价值的呈现也会有明显的不同。这表明，接受者的文学评价也会对作品文学价值的构成产生影响。接受者基于个人思想或趣味而产生的文学评价，对作品的价值生成也有重要意义。无论是从创作角度来说，还是从阅读角度来说，文学价值都是主体对生活对象和作品进行审视、对话和评价的结果。

在文学活动的各个环节中，不同的主体对于文学价值的需求和评价都是独特的，也可能是不同的。这种需求和评价与多种因素相互关联，其中最为重要的因素就是审美理想。审美理想是指个体在特定社会历史和文化语境中形成的、由个人审美经验所肯定的关于美的基本观念和规范。它具有鲜明的社会性，不仅体现了个人的审美追求，而且反映了人类社会的历史和文学的过去、现在和未来。审美理想不仅鲜明地烙有时代和社会的印记，而且保留着历史传统中积淀下来的人文追求与社会理想。

审美理想在文学观念中占据着核心地位，它不仅涵盖了文学主体精神和心理的多个方面，如审美理想、道德追求、价值态度、兴趣爱好等，而且是引导文学创作和接受的关键力量。

审美理想在文学活动中发挥着重要的作用。对于作家而言，审美理想是作家创作的指引，它激发了作家的想象力和创造力，使作品具有生动、鲜明的艺术形象和独特的风格。对于读者而言，审美理想是理解和接受作品的重要参照，它可以帮助读者将作品中的艺术形象转化为自身的审美体验，从而使读者产生深刻的情感共鸣。

审美评价是读者在对文学作品的全面把握和深入理解之上的主观感受和判断过程。在这个过程中，读者会自觉或不自觉地运用自身的审美理想来衡量文学作品的美学价值和社会意义。通过培养和提高个人的审美理想，读者能够更好地理解和评估文学作品的美学价值和社会意义，从而有助于推动文学事业的繁荣发展。

二、文学价值的多样性与主导价值

文学价值是一个相互联系的系统，包含多层次、多方面的价值因素和价值内容，具有多样性。其中，总有一种价值居于主导地位，成为主导价值。

（一）文学价值的多样性

文学价值的多样性是指文学作品具有多种不同的价值，这既包括文学作品本身价值的多样性，又包括文学作品在读者接受过程中所显示出的价值多样性与变化性。

人类的社会生活是丰富多彩的，反映社会生活的文学作品也必然是丰富多彩的，这是文学价值多样性的客观依据。就文学作品的具体内涵而言，文学价值可分为人文价值、伦理价值、审美价值、文化价值、娱乐价值、科学价值和商业价值等。就价值的意义和效果而言，文学价值又可分为正面价值和负面价值、积极价值和消极价值、短暂价值和长久价值、现实价值和未来价值、显在价值和潜在价值等。由于各种体裁的文学作品的要素与结构不同，其价值系统也会有相应的差异，例如诗歌的审美价值可能会更加明显、道德戏剧侧重于讽喻劝诫的伦理价值、寓言侧重于哲理启迪的文化价值等。在同一体裁中，文学价值的侧重点也可能有所不同，例如小说，虽然各种文学价值共同构成了一个多元的系统，但是现实主义小说往往更关注认识价值和教育价值，现代主义小说更关注文化价值和审美价值，通俗传奇小说则更关注伦理价值和娱乐价值。

文学价值的评判尺度会随着时代的文化变迁和读者需求的变化而发生变化。所以，同一部作品的文学价值在不同时代往往会呈现鲜明的多样性、变化性和差异性。例如东晋陶渊明的诗，在问世后的很长一段时间仅获得萧统等少数人的欣赏，钟嵘在《诗品》中也只把陶诗列为"中品"。到了唐代，陶渊明的影响逐渐扩大，高适、李白、杜甫等诗人纷纷赋诗称颂其诗品与人品。自宋代起，陶诗的巨大价值被进一步发掘，文坛对陶诗的评价越来越高，特别是苏轼，盛赞陶诗"质而实绮，癯而实腴。自曹、刘、鲍、谢、李、杜诸人皆莫及也"。相反，六朝时期曾经盛极一时的骈文，在唐代古文运动中，其价值却遭到否定。

尽管在不同时代和不同读者那里，对一部文学作品的价值判断存在着差异性与不确定性，但总体来说，那些经典作品往往具有价值上的动态稳定性。这种动态稳定性来自经典作品本身所蕴含的价值再创造的强大潜力。虽然经典作品在漫长的历史中会随着语境的变迁发生价值上的变化，但是荷马史诗、莎士比亚戏剧、《诗经》《楚辞》等这些经典作品中的人文价值、审美价值等即便在具体的内涵上会发生一定的变化，也都能被不同时代、不同民族的读者阐发出不同的文学价值，这种再创造的潜力就源于其内容的丰富性、思想的深刻性和形式技巧的独特性、创造性。经典作品与一般畅销作品的区别就在于，经典作品能够常读常新，而一般畅销作品的价值呈现则往往比较单一，甚至取决于某一特定语境的需要。

（二）文学的主导价值

文学的主导价值是指在文学作品价值的多样性中，总有一种占主导地位的价值。一般来说，文学的思想、伦理、认识等价值常常居于主导地位，但它要与审美价值、语言艺术等融合起来，才能真正体现其主导作用。刘勰在《文心雕龙·时序》中说："文变染乎世情，兴废系乎时序。"文学作为一个总体概念，其主导价值往往就是一定时代和国家的主流意识形态的体现。

"文以载道"是中华民族的优秀传统。历史上，尽管人们对"道"的含义的认识不同，但用"文"来承载民族精神和美好理想的愿望是相同的。文学必须既反映人民精神世界，又引领人民美好的精神生活。一方面，文学要与时俱进，反映时代精神和人民风貌，塑造符合时代要求的先进文学形象，推动民族和国家的文明进入新境界；另一方面，文学要贴近实际、贴近生活、贴近群众，在满足人民精神生活需要的基础上，不断提高其文化素养和道德情操。只有把这两方面相互结合起来，才能把握文学的主导价值，使之成为时代的旗帜。

在当代中国，文学的主导价值是社会主义核心价值观的反映。体现当代中国文学的主导价值，需要做到以下几点：

第一，倡导正确的文学价值取向。中国共产党历来重视文学的主导价值，强调文学要坚持正确导向、弘扬社会正气、反映时代精神、引领社会进步。在新民主主义革命时期，中国共产党把鲁迅作为新文学的旗手。毛泽东多次赞扬鲁迅的政治远见、斗争精神和牺牲精神，并指出："鲁迅的方向，就是中华民族新文化的方向。"这个方向，就是民族的、科学的、大众的，是无产阶级服务人民大众的方向。鲁迅在新文学运动中历史地位的确立，有力地促进了中国的文学革命和新民主主义文化的发展。"大力弘扬以爱国主义为核心的民族精神和以改革创新为核心的时代精神，大力弘扬中华优秀传统文化，大力发展社会主义先进文化，不断增强全党全国各族人民的精神力量"，则是现阶段我国文学发展的主题。文学创作要牢牢把握社会主义先进文化的前进方向，建设社会主义核心价值观，弘扬民族优秀文化传统，借鉴人类有益文明成果，进一步形成全社会共同的理想信念和道德规范，牢固全国各族人民团结奋斗的思想道德基础。

第二，遵循文学自身的规律。这就要坚持文学发展的正确方向和方针，遵循文学发展的艺术规律，在文学价值的多样性中体现主导性，把弘扬主旋律与提倡多样化统一起来，在文学创作上提倡不同形式和风格的自由发展，在文学理论上提倡不同观点和学派的自由讨论。

第三，从作家方面来说，作家在对现实生活做出价值评判时，需要掌握时代精神，把握先进文化的前进方向。同时，要充分地重视文学的艺术特征和审美特性，用艺术的方式回答时代的问题。

当然，在市场经济条件下，随着市场这只"看不见的手"影响着文学活动的方方面面，文学价值取向的分化与失衡现象会时常发生。人们对文学的精神追求、审美追求与各种利益之间发生矛盾和冲突，对于这些新的问题和矛盾，需要认真研究，文学要在市场经济大潮面前耐得住寂寞、稳得住心神，不为一时之利而动摇、不为一时之誉而急躁，不当市场的奴隶，敢于向炫富竞奢的浮夸说"不"、向低俗媚俗的炒作说"不"、向见利忘义的陋行说"不"。

三、文学的真、善、美价值

人类社会生活之所以需要文学,就在于文学具有独特的价值,能为人类的生存和发展、为人们更幸福地生活提供不可取代的精神力量。文学的这种独特力量与价值往往体现在真、善、美三个方面,它们的内涵各不相同却又内在统一,可以给予人们精神滋养。

(一) 文学价值中的真、善、美

真、善、美是精神价值中的三种基本形式,也可以称作认识价值、道德价值和审美价值。追求真、善、美,是人类最鲜明的特性,也是人类不断发展进步的体现,文学承载着人类的美好理想,文学价值就要体现追求真、善、美。追求真、善、美是文艺的永恒价值。艺术的最高境界就是让人动心,让人们的灵魂经受洗礼,让人们发现自然的美、生活的美、心灵的美。我们要通过文艺作品传递真、善、美,传递向上向善的价值观,引导人们增强道德判断力和道德荣誉感,向往和追求讲道德、尊道德、守道德的生活。读者接受文学作品,主要也是从这三种价值方面入手的。

文学价值的"真"是指文学要通过合乎艺术规律的方式,将社会的真实状况、人生的真正面目、作家的真诚体验等表现出来,也就是在认识客观事物的本质和规律的基础上反映真实、表现真情、追求真理。文学的"求真",所求的是一种从人的角度逼近生活的"真"。尽管它有时会对反映的事物进行夸张或变形,但那往往是为了凸显事物的特征,"求真"的文学仍会具有鲜明的认识价值,并且构成其他价值的基础。

文学价值的"善"是指文学要反映对生命的尊重、对人性健康发展的追求、对人类和平与幸福的向往,以及对人类与自然和谐相处的珍惜等,也就是在追求真理和进步的过程中与人为善,尊重、理解、关心和爱护他人。在文学中假如缺少了"善",就难以感动人,文学潜移默化的教育价值也就无从谈起。文学的价值指向,一般来讲是不违背人类基本的"向善""求真"的原则的。

文学有了真和善的内涵，再加上充沛的情感、形象的言语、创造性的形式和技巧等，便形成了一种更高形态的美——文学的艺术美。文学价值的"美"是指文学在"真"与"善"相统一的基础上，满足人们对"美"的追求和需要，给人精神上的愉悦。它通过作家创作和读者接受的过程，具体地体现为语言美、形象美、精神美、意境美和形式美等。文学的美不但不违背现实中本来就有的情感愉悦，反而会有力地给予强化，产生巨大的精神与文化价值。

不同时代和不同流派对文学真、善、美价值的具体内涵的理解有所不同，真、善、美的认识具有明显的时代局限性和阶级性。马克思主义所肯定的文学真、善、美，反映着人类历史发展的进步方向，体现着广大人民群众的文化审美需求。邓小平指出，文艺作品要丰富多彩，"雄伟和细腻，严肃和诙谐，抒情和哲理，只要能够使人们得到教育和启发，得到娱乐和美的享受，都应当在我们的文艺园地里占有自己的位置"。这是在新的历史条件下对文学的价值和作用的科学概括。

（二）文学追求真、善、美的统一

文学中的真、善、美三者在本质上是一致的，是一个相互联系、相互渗透的整体。但在文学史上，也出现过不少强调其中一种或两种价值的观点，例如儒家的"尽善尽美"说，提倡的只是"善"与"美"的统一；白居易所说的"补察时政，泄导人情"，强调社会政治功用，这提倡的是文学之"善"；李贽提出的"童心说"，则把"真"置于至高无上的地位；托尔斯泰则把"善"看得远高于"真"和"美"，认为"善是我们生活中永久的、最高的目的"。在马克思主义文学价值论中，文学的真、善、美价值被真正统一起来。

文学价值的追求，从根本上说源自人对自由的追求。文学作品之所以吸引读者，恰是由于其中蕴含着人类对"自由发展""自由个性"等社会生活价值的向往和追求。尽管在具体的文学创作和接受中，不同文学作品的价值取向可能有所侧重，但文学价值始终是真、善、美统一的。因为文学作品假如机械地、过分地、不经艺术处理地一味求"真"，就容易呆板、无趣、没有灵气；假如文学作品教条地、脱离生活实际地一味求"善"，充当政治或道德的传声筒，就会流于空洞的说教，缺乏魅力；假如文学作品单纯、片面地一味求"美"，一味玩弄技巧，作品就容易变得苍白无力、流于形式，甚至丧失内在精神。可见，"真""善""美"三者虽然各具独特的价值取向，但又不可能是相互脱离而彼此独立的。

宋代有些理学诗之所以被批评为"味同嚼蜡"，就是因为它们大都忽略了文学的真、善、美之间不可割裂的内在统一性。但同样是以理入诗，宋代诗人卢梅坡有《雪梅》（其一）："梅雪争春未肯降，骚人阁笔费评章。梅须逊雪三分白，雪却输梅一段香。"诗人以梅雪争春的新奇想象和文人骚客的入情入理评判，让人在会心一笑中感悟万物皆有长短的朴实哲理。寥寥数语，情节、物象、情感、事理等融为一体，诗歌的真、善、美高度统一，完美融合。该诗之所以能够广为传颂，就在于它不仅体现了生活现实之"真"、劝谕启示之"善"，而且体现了艺术之"美"的鲜活与灵动。

（三）对文学真、善、美价值的评定

文学上的审美评价和审美选择，从根本意义上讲是一种价值评价和价值选择。在阶级社会中，各个阶级都对真、善、美持有不同的评价标准，表现为各个阶级的审美观念和欣赏趣味。在马克思主义看来，对文学真、善、美的价值评判，不能靠少数人的主观好恶，而要接受广大人民群众的评判，要接受历史、实践的检验，要把人民作为文艺审美的鉴赏家和评判者。一部作品是否具备真、善、美的价值，关键是要通过实践，看它是否反映了社会关系，是否以合乎人性的情感化心理体验去表现现实的内容，是否以纯洁高尚的境界来净化和塑造读者的灵魂。同时，还要看它是否真正实现了文学在艺术技巧上的创造、在虚构想象上的开拓和在情感体验上的推进。除此之外，不仅要看它是否历史进程的参与者，而且还要看它是否具有一定的批判意识和前瞻意识。对于今天的文学来说，还要看它是否体现了人民本位观，能否呈现中国特色、中国风格、中国气派、中国精神。

第二节 文学的功能

文学的功能是文学价值属性的实际反映和体现。文学的功能存在的内在依据是文学的价值。文学的功能不是孤立地存在的，它存在于系统的功能之中。通过对文学功能的认识，可以进一步加深对文学性质和价值的理解。

一、文学功能的整体性

文学的功能有很多，最基本的有认识功能、教育功能、审美功能和娱乐功能。文学的功能不是孤立存在的，各种功能都相互联系、相互渗透，具有整体性，体现在文学对人的情感、欲望、理想、信念、道德、人格等方面的潜移默化的影响。

中国自古就有重视文学的社会功能的传统。孔子说："《诗》可以兴，可以观，可以群，可以怨。迩之事父，远之事君，多识于鸟兽草木之名。"这里讲的就是文学在社会生活中的多重价值与功能。清代王夫之曾深入阐发诗歌的这种"兴观群怨"功能及其相互关系："诗可以兴，可以观，可以群，可以怨"，尽矣。辨汉、魏、唐、宋之雅俗得失以此。读《三百篇》者必此也。'可以'云者，随所以而皆可也。于所兴而可观，其兴也深；于所观而可兴，其观也审。以其群者而怨，怨愈不忘；以其怨者而群，群乃益挚。出于四情之外，以生起四情；游于四情之中，情无所窒。作者用一致之思，读者各以其情而自得。"

王夫之在这里揭示了"兴观群怨"之间的相互联系和整体效果。从孔子关于诗歌的"兴、观、群、怨"说，到近代梁启超关于小说的"熏、浸、刺、提"论，再到当代的主流文学思想，我国文学理论中强调文学功能的观点一脉相承、代代相传。鲁迅说过，他写小说是为了唤醒病态社会中不幸的人们，"意思是在揭出病苦，引起疗救的注意"。

西方也是如此。尽管有的作家不断标榜不考虑文学的社会功用和效能，但实际上纯粹"为文学而文学"的作品是少见的。古希腊柏拉图赞成歌颂神明、赞美好人的颂诗，反对其他类型的诗，诸如抒情诗等；亚里士多德强调悲剧的"净化"功能；古罗马的贺拉斯提出"寓教于乐"的思想。虽然有的作家并不着意于文学的社会功能，反对文学干预社会人生，但由于这样的文学大多是在用文学自律的形式强调和鼓励一种审美自由，这种对自由精神的塑造成为其最主要的社会功能，也成为其对特定时代社会生活最主要的介入方式。

优秀的文学作品对于人的全面发展、对于陶冶人的情操和提升人的精神境界有着不可替代的作用，并且"文运同国运相牵，文脉同国脉相连"，对一个民族和国家来说，文学繁荣与否，实际上是其文化"软实力"强弱的一种表现。"优秀文艺作品反映着一个国家、一个民族的文化创造能力和水平"，伟大的文学作品，从来就是一个国家和民族的骄傲和灵魂，标志着一个时代所能达到的精神高度。"古往今来，世界各民族无一例外受到其在各个历史发展阶段上产生的文艺精品和文艺巨匠的深刻影响。"从《诗经》、楚辞到汉赋、唐诗、宋词、元曲、明清小说，从五四运动时期兴起的新文学到新中国成立以来的社会主义文艺作品，特别是改革开放以来的大量优秀作品，都记录了各个时代充实而又多彩的社会生活，描绘了人民壮阔而又艰辛的奋斗历程，展示了中华民族顽强搏击的奋斗历程及其细腻的艺术情趣，是中华文明的瑰宝，蕴含着中国人民几千年来克服艰难险阻、战胜内忧外患、创造美好生活的强大精神力量。每一个中华儿女都应为我们拥有这样源远流长、博大精深的优秀文学作品而感到自豪。

二、文学的认识功能和教育功能

在人类漫长的历史中，文学给予人的认识作用和教育作用很大，不仅扩展了人们的知识视野、提升了人的思想境界，而且促进了人类社会的发展。

（一）文学的认识功能

文学的认识功能是指文学具有帮助人了解一定时代和民族的社会生活状况、获得社会和人生知识、加深对人和社会理解的功能。文学是社会、历史和人生的"百科全书",是人们获得社会生活知识的重要渠道。车尔尼雪夫斯基指出："艺术的目的就是在缺乏为现实所提供的最完美的审美享受的场合,尽力之所能再现这个可贵的现实,为了人的福利而解释生活。"

文学不仅可以通过"再现现实"而充当"生活的教科书",而且可以帮助人们观风俗、晓人情。意大利当代作家卡尔维诺将当代小说视为一种新的人文认识论,并把它"作为一部百科全书,作为一种知识方法,尤其是作为一个联系不同事、人物和世间万象的网络"来理解。历史学家翦伯赞说过,像诗歌、小说之类的文学作品,"不但不破坏史料的真实,反而可以从侧面反映出更真实的史料"。文学给人提供的知识,绝大部分是人文与社会科学方面的,其根源就在于它是对生活的反映,并且表现的是以"人"为中心的社会生活内容。通俗地讲,看了文学作品,读者便知道了"别人"的某些生活方式、相关的自然面貌与社会环境以及在此环境中人的生活与现实命运等,从而引发读者的思考,有所受益。看到"别人"的生活,一方面,指的是去学习积极的生活态度、正确的生活方式;另一方面,也可以以"他者"为鉴,从而引发自省、启发自我、树立批判意识。

当然,文学的认识功能不同于哲学、科学的认识功能。文学的认识功能主要不在于探求客观真理,而在于用艺术的形式实现对人与世界真实关系的把握。因此,不能把文学的认识与哲学、科学的认识混同起来。文学认识有自己的特点,它不是概念化和抽象的。文学所有的知识性因素都寓于形象与情感深处,比较含蓄、丰富、细腻,需要读者经过品味和思考去感受和体验,而非直接的认知。这种经由品味和思考得到的对人生感悟、社会规律的体认,往往又由于人的阅历不同而呈现多样化的特征,这与哲学和科学的认识所需要的概念的明晰性与确定性是有一定差异的。

就作家而言,文学的认识功能是通过作家在饱含情感的审美状态中进行文学创作来实现的。歌德说过:"只有在他感到欢喜或苦痛的时候,人才认识到自己;人也只有通过欢喜和苦痛,才学会什么应追求和什么应避免。除此以外,人是一个蒙昧物,不知道自己从哪里来,向哪里去,他对世界知道得很少,对自己知道得更少。"这段话表明,文学的认识功能往往是在审美知觉和情感状态下发生和实现的。

就读者而言,文学的认识功能是通过读者在审美活动中获得的体验来实现的。由于文学用艺术的形式来反映、表现社会人生,比其他用社会意识形态展示世界的方式更具体、细腻,所以文学对人的认识作用也往往更直观和深入。尤其是现实主义的作品,能够提供特定社会生活的具体生动的画面,能使读者身临其境地认识自己熟悉的或未曾亲历过的人生图景。这种认识不一定具有社会科学的系统性,但具有社会科学所没有的生动性、形象性和丰富性,例如马克思曾高度赞扬狄更斯等"现代英国的一批杰出的小说家",可以通过其卓越的小说作品帮助人们更好地认识社会生活中的"政治和社会真理"。

这里还要强调,优秀的文学作品往往能够透露出社会变革的信号,其认识意义在于,它常常能把某一时代的特定社会历史内容和未来趋势从艺术上加以吸收和改造,从而概括出时代的本质。在此意义上可以说,"在人类发展的每个重大历史关头,文艺都能发时代之先声、开社会之先风、启智慧之先河,成为时代变迁和社会变革的先导"。作家往往能用敏锐的艺术感知,让不易觉察的东西被觉察,使习以为常的东西显得不凡,由不被注意的东西引发思索,促使人们在生活的量的缓慢积累中认出质的变迁。塞万提斯的《堂吉诃德》敏锐地把握了文艺复兴时期的思想转向,揭示了骑士阶级的衰落;简·奥斯汀的《傲慢与偏见》凸显了资产阶级个人意识的兴起;普希金则在《叶甫盖尼·奥涅金》等作品中以个人的悲剧意识反映了19世纪前30年俄国贵族阶级的崩溃;茅盾的小说《子夜》,真实地再现了20世纪30年代初期中国民族资产阶级在买办资产阶级和封建主义的双重挤压下生存和发展的困境,揭示了中国民族资产阶级的软弱性和妥协性,以文学的形式预示了中国无法走上资本主义发展道路的历史境遇。

（二）文学的教育功能

文学不仅有认识功能，而且有教育功能。文学的教育功能是指文学作品具有影响思想情感、净化心灵世界、增强生活信心的功能。广义地讲，文学的教育功能还包括文学具有政治的、社会的、伦理道德的启蒙和教化功能。

文学的教育功能，实质上就是一种通过提升和净化人的心灵，从而起到某种具有现实影响力的实践性功能。正是在这一意义上，才可以说文学是疗治社会与心灵的良药，它使人向"完整的人""健康的人"和"丰富的人"的方向迈进。利维斯就曾把"生活上的教益"当作小说在价值判断上的根本依据之一："所谓小说大家，乃是指那些堪与大诗人相比相埒的重要小说家——他们不仅为同行和读者改变了艺术的潜能，而且就其所促发的人性意识——对于生活潜能的意识而言，也具有重大的意义。"强调文学的教育功能，目的就是要使作家和读者都产生社会责任感和自我增强意识。因为作家在文学作品中总是寄托着一定的社会理想与审美观念，表现出自己对生活的态度与评价。一个优秀的作家要通过自己的文学作品向读者展示什么是好的、是值得赞美的，什么是坏的、是应该批评的。

在一定意义上，文学是人类生存、活动、交往和展示自己情感的"教科书"。文学的教育功能表现在道德、伦理、教化、政治、美育和人生等多个方面。它可以"补察时政""泄导人情"，可以"托事以讽""有补于国"。这是由文学的社会意识形态属性决定的。文学理论上的"劝谕说"和"教训说"等，就是基于文学的教育功能而提出的。

在强调文学的教育功能时，应当防止片面性。早在古希腊时期，喜剧家阿里斯托芬在剧本《蛙》中，就借埃斯库罗斯之口提出，"教训孩子的是老师，教训成人的是诗人"。启蒙运动时期，"劝谕说"和"教训说"变得更加流行，很多持有启蒙立场的作家都自觉地视文学为劝谕和教训的工具。这种纯粹从道德意义上看待文学的观点，有其片面性。

在我国历史上，有的文学家由于过分强调文学的道德教育功能，导致一些文学流于说教。在批评宋代某些小说时，鲁迅说："宋时理学极盛一时，因之把小说也多理学化了，以为小说非含有教训，便不足道。但文艺之所以为文艺，并不贵在教训，若把小说变成修身教科书，还说什么文艺。"也就是说，一味地强调道德教化功能，对文学作品的自由想象会起到阻碍作用。重要的是，文学作品的教育功能必须通过文学的审美和娱乐功能去实现。"在今天，把看戏当作单纯的消遣的观众是极少了，但戏剧对人的教育究竟和上政治课不同，它不应当是耳提面命而应当是潜移默化的，要是简单地了解戏剧的教育作用，不顾人们美的享受和娱乐的需要，使戏剧成为干巴巴的说教，结果难免脱离群众。"

文学的道德教育与一般的道德教育是有区别的。文学借助人物形象赋予道德内容，除了要对道德进行美感审视，还须将道德理性情感化，并使之转变为形象。但转化之后，道德的说服力就由直接变为间接，由规约变为潜在的感化和熏陶，也只有这样，文学的道德教育功能才能得以实现。

道德是一个历史范畴，具有时代性。文学作品要想通过打动读者实现一定的道德教育目的，作者就应对道德的历史性和时代局限性有审视与判断能力。文学的教育功能与文学表现的内容应当是一致的。爱国主义教育是文学作品的一个永恒主题，我国历代诗人、作家描绘祖国河山的壮丽、人民的勤劳，歌颂那些抵抗异族侵略、为国家民族自由独立而献身的英雄，表达对人民、对民族历史的热爱以及对未来美好理想的追求，就是文学中爱国主义的集中表现。例如战国时期屈原的《离骚》、现代诗人艾青的《我爱这土地》都洋溢着强烈的爱国主义情感。在国家有难、民族存亡的危急时刻，文学常常自觉地承担起唤醒民众爱国热情的重任，表现出诗人强烈的忧患意识和爱国主义倾向。

文学的教育功能植根于文学与生活之间的内在联系中，主要体现在两个方面：一方面体现为文学反映和表现的对象本身具有教育意义，另一方面体现为文学对生活的反映和表现中渗透着作家的思想感情倾向与审美判断，因而可以对读者形成影响力和吸引力，这主要是由作家的主观价值取向造成的。契诃夫说过，凡是使我们陶醉而且被我们叫作永久不朽的，或者简单地称为优秀的作家，都有一个非常重要的共同标志：他们在往一个什么地方走去，而且召唤您也往那边走。如果读者真的这么去做了,那么他的思想行为便会发生改变,文学的教育功能也就得以实现。

文学的教育功能必须与同文学的其他功能结合起来,才能更好地发挥其积极的作用。文学的教育功能有大小之分。文学教育功能的大小,一般取决于文学形象本身体现的社会意义和思想情感倾向,也取决于接受者。文学的教育功能往往因人而异,无法强求一致,并且文学的教育功能往往通过潜移默化、润物无声的形式发挥作用。

三、文学的审美功能和娱乐功能

文学除了有认识功能和教育功能,还有审美功能和娱乐功能。

(一)文学的审美功能

文学的审美功能是指文学具有沟通文学活动中主体与客体,使读者获得对现实的精神超越、实现审美理想、促进读者个性和才能自由全面发展的功能。文学审美功能是由文学的审美本质决定的。作为一种语言艺术,文学主要是为了满足人的审美需求而存在和发展的,因此从根本意义上讲,审美是文学最基本的功能。由于文学语言的智慧与韵味、文学形式的别致与优雅、文学作品中情感的真挚与动人、文学形象的杰出与光彩等,文学可以让人产生直接的审美感受。这是大多数情况下人们所关注的文学审美功能的重要方面。二十世纪二三十年代,我国诗歌领域中的"现代格律派"把诗歌的审美特征阐释为"音乐美""绘画美"和"建筑美",就是从这一角度来理解诗歌的审美功能的。文学作品能满足人的审美需要,其原因在于它是作者按一定的审美理想和美的规律对来自现实生活中的素材进行加工改造的产物。文学形象相较于现实事物,更集中、更独特、更典型、更普遍、更有情感性,因而当人们欣赏文学作品的时候,就会获得更为强烈、更为深刻的审美感受,就会得到更大的精神上的愉悦和满足。文学审美功能对提高人的审美能力、丰富人的审美情趣、健全人的审美观念、升华人的精神境界、优化人的心理结构等发挥着十分重要的作用。

文学的审美功能具有历史性，是一个历史的范畴。这是因为文学审美意识和审美心理的特征不是固定不变的，而是发展变化的。审美在本质上是自由的、变化无穷的，因而决定了文学审美功能在历史上是多种多样的，决定了文学审美功能在不同时期和不同人群中会有不同表现。

文学的认识、教育、审美和娱乐功能的区分，只是从相对的意义上来讲的，实际上它们并不截然分离，也不能单独发生作用。文学的各种功能是相互关联的，有时候相互促进，有时候相互冲突，有时则相互转化，共同构成了一个繁复的文学功能系统。其中，文学的审美功能往往发挥着更基本、更核心的作用。这可以从两个方面加以理解：一方面，文学的审美功能实际上是文学实现其他功能的中介。因为无论是文学的认识功能、教育功能，还是文学的娱乐功能，在文学中都是通过读者不同程度的审美体验才能得以实现的。文学提供给读者的不是抽象的概念系统，而是动人的情感世界和具体的文学形象，这就内在地决定了读者从一开始就必须采取与之相适应的审美接受方式。这样，审美就成了读者把握文学形象及文学作品思想内涵的主要通道，成了将作家对人生的体验和感悟转化为读者精神财富的必经之路。另一方面，文学的审美功能又是一个以情感为中心的整体性概念，它是文学各种功能协调统一的重要条件。因此说，文学审美功能的核心作用不仅表现在其他各种功能在内容上都具有审美的意义与特征，而且表现在其他各种功能都统一于审美，都要以审美为旨归。

（二）文学的娱乐功能

文学的娱乐功能指的是文学可以给人带来身体和心理的愉悦、使人获得精神自由和情绪宣泄的功能。

文学娱乐功能的主要特点是让接受者产生生理和心理的愉悦。文学的娱乐功能与文学的认识功能、教育功能、审美功能不仅不矛盾，而且是相互贯通、相互影响的。周恩来指出，文艺的教育作用和娱乐作用是辩证统一的，"群众看戏、看电影是要从中得到娱乐和休息，你通过典型化的形象表演，教育寓于其中，寓于娱乐之中"。读者阅读一首诗歌或一部小说，其主观动机并不在于直接获取某一门类的知识，也不是为了接受作家的某种训诫，而往往是为了获得身心的愉悦和满足。作家在创作中也存在着游戏、娱乐的动机。在《红楼梦》第一回里，曹雪芹借顽石之口说："市井俗人喜看理治之书者甚少，爱适趣闲文者特多"，而该作品本身也"不过游戏笔墨，陶情适性而已"。鲁迅在谈到小说起源时，则称"至于小说，我以为倒是起于休息的。人在劳动时，既用歌吟以自娱，借它忘却劳苦了，则到休息时，亦必要寻一种事情以消遣闲暇。这种事情，就是彼此谈论故事，而这谈论故事，正就是小说的起源"。可见，文学在它的源头上就与娱乐有着不解之缘。

在文学的功能系统中，娱乐功能的内涵是多方面的。文学的娱乐功能具有使人得到生理满足的意义，并主要是一种想象化的满足与宣泄。一般来说，富于细节的生活体验的真切表达，就能达到这种效果；巧妙地运用形式因素，通过和谐的音韵与节奏、幽默俏皮的语言、引人入胜的结构等，也能产生这种效果。朱光潜说过：我们做诗或读诗时，虽不必很明显地意识到生理的变化，但是它们影响到全部心境，是无可疑的。就形式方面说，诗的命脉是节奏，节奏就是情感所伴的生理变化的痕迹。人体中呼吸循环种种生理机能都是起伏循环的，顺着一种自然节奏。以耳目诸感官接触外物时，如果所需要的心力、起伏张弛都合乎生理的自然节奏，我们就觉得愉快。这种通过诗歌阅读而产生的生理满足也会通向心理满足，从而带给读者精神的愉悦。

文学的娱乐功能有着益智的特点。那些注重娱乐功能的文学作品，往往建立在某种独特的生活"技能"之上，展示一种接近甚至超过专业水平的技能，如武术、侦探、推理、棋艺、绘画等。在描述这些技能的过程中，文学作品为人们提供了耐人推敲、品味的想象空间。有的武侠小说之所以能够获得一定的文学地位，既与其"俗中有雅"的特点及深厚的文化背景有关，也与其娱乐益智性能够赢得广大读者的喜爱有关。

文学的娱乐功能有助于文学其他功能的实现。文学价值的实现不能靠强制的手段，所以好的文学作品常常是"寓教于乐"的，就是把文学的教育功能渗透在娱乐功能与审美功能当中，如通过富有吸引力的人物形象和故事情节，使人获得认识、受到启发和教育。古罗马的贺拉斯说过："诗人的愿望应该是给人益处和乐趣，他写的东西应该给人以快感，同时对生活有帮助……寓教于乐，既劝谕读者，又使他喜爱，才能符合众望。"韦勒克和沃伦据此进一步指出："我们在谈论艺术的作用时，必须同时尊重'甜美'和'有用'这两方面的要求。"在纯文学中是如此，在大众文学和通俗文学中，娱乐功能则占有更大的比重。

文学的娱乐功能最终应该指向对读者精神的陶冶。文学作品如果始终徘徊于生理和心理的浮泛满足，便会使作品陷入哗众取宠、令人生厌的境地。当然，文学作品的娱乐性与文学作品的严肃性不是截然对立的。毛姆曾说，"艺术的目的是给人快感"，但是又进一步指出，"既有肉体的快乐，也有精神的欢乐，尽管后者不如前者强烈，可是更加持久"。文学作品经过恰当的艺术处理后，娱乐性完全可以寓于严肃性之中，老舍作品中的京味幽默与市民悲情就体现了这一特征。文学的娱乐性与严肃性达到巧妙结合乃至水乳交融，恰是一种精湛的艺术境界。

进入互联网时代，网络文学逐渐在社会文化生活的舞台上获得一席之地。这种文学样式以娱乐性为核心诉求，在快节奏的当代社会可以调剂生活、抚慰心灵，从而拥有大量的读者群体。这在某种程度上使得文学实现了"寓教于乐"的功能，但同时也不可避免地出现一些问题，这些问题又可能导致娱乐功能在一定程度上挤压文艺的其他功能。

在市场经济条件下，市场化写作往往把文学的娱乐性表现得淋漓尽致。一方面，文学的娱乐功能发挥得越充分，人们对娱乐功能的要求便会越强烈；另一方面，读者对娱乐性文学作品的追捧，势必使文学的娱乐性越发突出。但是，文学绝不能仅限于娱乐功能。只突出娱乐功能的文学，严格来说只能算作"准文学"，这种作品不会成为文学的精华，也不会成为文学的主体。文学的"娱乐过度"是不利于创作和接受的。因此，在任何时候，文学都不应该忽视它应有的精神内涵、终极关怀和道德导向。既坚守文学的社会意义，又坚持文学的审美属性，文学的各种功能才能取得平衡并且相得益彰，为满足人们的精神文化生活服务。

第四章 文学理论与教学基本理论

教学是高等教育中一项最为基础的工作，对教学进行研究是高校教师的一项义不容辞的责任。但是在不同类型的学校中，对教学研究的重视程度各不相同，有些高校实际上并不重视教学和教学研究，因此有必要学习一些与教学相关的基本教学理论，分析高校教学的一些特点，从而为文学理论的教学和研究奠定坚实的基础。

第一节 文学流变理论

任何社会历史现象都不可能没有历史起点或逻辑起点，一旦有了历史起点或逻辑起点，那么它就会在内外诸力的作用下发生流变。流变是一个永恒的过程，我们当下普遍默认的观念、意义或形态，到未来某一天可能就有了新内容的注入，从而成为一种新的形态。

文学是社会历史现象之一，所以文学理所当然有它的起源和流变，这些内容将在本节加以论述和阐释。文学是广义的艺术的一部分，探讨文学的起源就必须先探讨艺术的起源。艺术的起源是一个特别复杂的问题，历史上探索艺术起源的途径较多，19世纪后，探讨艺术起源的主要途径有三个：考古学的途径、人类学的途径和心理学的途径。

所谓考古学的途径，是指以考古学上的实证来探讨文学艺术的起源。一般来说，此途径主要是用史前艺术遗迹实证性地回答艺术起源于何时。例如，在欧洲，1875年发现的阿尔塔米拉洞穴壁画，就是艺术起源学上的一个重要成就。这个洞穴长度有1 000英尺左右（约304米），洞穴顶部长达46英尺（约14米）的壁画上画有20多只动物形象，壁画上所描绘的动物形象虽然不是为艺术而画，却是艺术的胚胎。这个洞穴壁画的发现开启了史前艺术考古学的先河，此后在法国的西南部、南部和西班牙北部等地区，又先后发现了大小80多处史前洞穴艺术的遗迹，为艺术起源的考古学研究提供了较多实证性材料。但从总体上说，从考古学途径研究文学艺术的起源有很大的局限性，主要体现在两个方面：一是目前发现的史前艺术遗迹的总体数量不多，它们做到了实证性，却又缺乏足够的准确性；二是今天发现的史前考古材料所证明的艺术起源的可能时间，也许会被新的史前艺术遗迹的发现所修改，从而不能在根本上回答艺术起源的问题。也就是说，考古学的方法对艺术起源问题的回答具有波动性。

从人类学的途径研究艺术起源问题，主要是利用现存的原始部落"社会活化石"中的文化艺术样本来进行研究。这方面研究的重要理论著作主要有美国人类学家摩尔根在1877年出版的《古代社会》、英国艺术史家格罗塞在1894年出版的《艺术的起源》，以及俄国理论家普列汉诺夫在1899年出版的《没有地址的信》。这种方法的局限性在于，残存在现代社会中的原始部落虽然被称为"社会的活化石"，但它们毕竟不是原始社会本身，以它们做标本可以间接推测出一些近似正确的结论或假说，但毕竟不是对艺术起源相关问题的直接回答。

心理学的途径主要是以"原始人的心理和儿童的心理近似"这个假说为前提的。该假说的性质决定了它的说服力是有限的，在某些时候甚至是错误的。所以，用现代儿童的"艺术作品"去反推原始艺术，从而推测艺术的起源，也和运用人类学的方法研究艺术起源问题一样，具有不彻底性。

历史上的理论家、文学家尝试性地用了各种方法去回答艺术的起源问题，但到目前为止，各种回答在很大程度上只能说是一种假说，而不是定论。综合历史上对艺术起源问题的各种理论解答，通行的观点主要有五种：艺术起源于模仿、艺术起源于游戏、艺术起源于巫术、艺术起源于心理表现、艺术起源于劳动。

有起源就有流变，文学也一样。文学流变的动力既来自内部，又来自外部。在一般情况下，文学是在内部动力与外部动力的综合作用下发生流变的，但内部动力与外部动力并不是平衡地起综合作用，可能某些流变的主要动力来自内部，而某些流变的主要动力来自外部。

文学流变的内部动力主要指文学自身的原因，这种原因既可以是本国文学自身的原因，又可以是外国文学的原因；外部动力主要指社会历史的原因。由于文学的流变是内外动力综合作用的结果，因而文学的流变不是杂乱无章的，而有一定的规律可循，这些规律，既有一般规律，又有特殊规律。就一般规律而言，一个时代有一个时代的文学。与此同时，各种社会意识形态对文学流变也要产生不同程度的影响。就文学流变的特殊规律而言，主要是文学流变与社会发展之间不平衡的规律。这种不平衡分为纵向的不平衡和横向的不平衡。纵向的不平衡又叫历时性的不平衡，指的是社会发展到了高级阶段，而其文学的成就可能并不如社会处于低级阶段时的成就。横向的不平衡指的是在同一时空范围内的不平衡，又称共时性的不平衡。但必须指出的是，在文学流变的长河中，有一些作品会迅速消失在历史长河中，而另一些作品可以经得起时间的考验，成为人们公认的"经典"。因此"流变中的经典"就理所当然地成了流变论中一个必不可少的有机组成部分。

文学的流变是从过去流向现在的历程，同时也是从现在流向未来的历程。虽然我们不能尽知未来文学发展的具体情形，但也可以做出有限的预测。可以肯定的是，文学的未来就是现在若干潜在因素在未来的发展，或者是现在的局部现象在未来的普遍化。它们既包含文学在观念层面上的内涵，又包含文学在外延方面的若干可能性。

一、艺术的起源

历史上提出的艺术起源理论，主要有以下几种：

（一）模仿说

模仿说是最早的关于艺术起源的学说。它的主要代表人物有古希腊的德谟克利特和亚里士多德。这种学说认为，模仿是人的本能，艺术起源于人对自然和社会人生的模仿。柏拉图也是同意模仿说的，不过他以"艺术是模仿不真实的世界"否定了艺术，以为艺术是影子的影子。

（二）游戏说

游戏说最早是由德国哲学家康德提出来的，但明确提出和系统阐述这一理论的却是德国诗人席勒和英国学者斯宾塞，因此艺术理论界也把游戏说称为"席勒—斯宾塞理论"。

游戏说认为，艺术活动是一种无功利的、自由的游戏活动，是人与生俱来的本能，艺术就起源于人的这种游戏的本能或冲动。不过，英国学者斯宾塞的理论主要对席勒的观点进行了发挥和补充，他的贡献是从生理学角度解释过剩精力的由来。他认为，高等动物的营养物比低等动物的营养物丰富，所以人类在维持和延续生命之外，还有过剩精力。这种过剩精力的发泄便导致了游戏和艺术这种非功利性的生命活动的产生。

（三）巫术说

巫术说是 19 世纪末以来在西方兴起的最有影响力的艺术起源理论，它的提出者是英国著名人类学家爱德华•泰勒和弗雷泽，因此这种理论又被称为"泰勒—弗雷泽理论"。

所谓巫术，是人们利用虚构的自然力量来实现某种愿望的法术，其本意并不是为了艺术活动，而是原始先民带有宗教性质的活动。巫术说从原始人类的巫术活动中寻找艺术的起点，认为最早的艺术是原始人巫术活动的产物。原始人的所有创作活动都是为了实现巫术的目的，艺术就是原始巫术的直接表现。

（四）心理表现说

心理表现说是现代西方影响较大的一种艺术起源理论。心理表现说主要是从心理学的角度来考察艺术的起源。但在对心理因素的认知上，一些艺术理论家和心理学家认为是情感，另一些艺术理论家和心理学家则认为是本能。所以，心理表现说又可以分为情感表现说和本能表现说。

情感表现说侧重从人的心理意识层面来解释艺术的起源，认为艺术起源于人对情感表现的需要，在情感通过声音、语言、形式等载体表现出来时，就产生了音乐、文学、舞蹈等艺术。最早提出情感表现说的是法国美学家维隆，在《美学》一书中，他把艺术定义为情感的表现。此后，俄国的列夫·托尔斯泰提出艺术起源于个人，是为了把自己体验的情感传达给别人。20世纪初，意大利美学家克罗齐提出了"直觉即表现"的艺术观。科林伍德也认为，艺术不是再现和模仿，也不是纯粹游戏，艺术的目的仅仅是表现情感。

本能表现说根据人类心理的潜意识解释艺术的起源，认为艺术是对人的梦、幻觉、生命本能的表现，主要代表人物是奥地利精神病理学家、心理学家弗洛伊德。弗洛伊德用他的精神分析学说来解释艺术的本质和起源，把艺术定义为人的潜意识与性本能的象征和表现。

在中国，把艺术的起源定义为心理表现是很早的事情，"言志说"和"缘情说"是其中最主要的看法和理论。例如《尚书·尧典》指出："诗言志，歌永言，声依永，律和声。"汉代的《毛诗序》也指出："情动于中而形于言；言之不足，故嗟叹之；嗟叹之不足，故永歌之；永歌之不足，不知手之舞之，足之蹈之也。"晋代的陆机在《文赋》中也提出过"诗缘情而绮靡"的观点。

（五）劳动说

劳动说是艺术起源理论中影响较大的一种学说。有关劳动与艺术生产之间的联系，在中外艺术史上都有论说，如19世纪末的德国学者毕歇尔、俄国的普列汉诺夫，以及我国文学家鲁迅等。从根本上说，没有劳动就没有人类，没有人类自然就不可能有艺术的诞生。在这个意义上，劳动当然是艺术的起源，但在理论上不应是唯一的起源。劳动既然是人类诞生的原因，那么也可以说劳动是艺术与非艺术的一切"人文"诞生的原因。所以，基于劳动的艺术起源的其他直接原因，也具有各自的合理性。

二、文学的流变

文学并不是一种静止的存在，它总会在流变中显示着自身。文学从出现到现在，经历了极其漫长的社会历史阶段，文学发展到今天，其内容的丰富性、形式的多样性，是以往任何历史时期都无法比拟的。这说明文学同其他任何事物一样，都有自己产生和流变的历史。总体上而言，文学的流变既是文学内容各要素的流变史，又是文学形式各要素的流变史。

文学本身的概念有一个发展演变的过程。从上古时代诗、乐、舞合一的广义的文学，到后来的"文笔"之争，再到当今文学的文化转向，文学经历了一个不断扬弃、不断否定的过程。刘勰在《文心雕龙·通变》中说"夫设文之体有常，变文之数无方"，这是指一定的文学样式总会有自己的属性特征，即"设文之体有常"。但随着不同时代语境的变化更替，文学的具体面貌又会呈现不同的风格，即"变文之数无方"。换言之，文学流变是一个继承与创新的过程，也是一个"通"与"变"的过程。

从内涵上说，文学的流变体现为文学表现的内容在不同时代各不相同。《诗经》大多如实记载了当时的一些社会生活和情感体验，如《大雅》对周民族历史演变的叙述、《国风》对上古先民生存状态的艺术反映等。后来，汉赋中的歌功颂德、唐诗中的自我表现、宋词中的娱宾遣兴，以及话本、小说中的爱情故事等，都说明了一个时代有一个时代的文学，文学作为一种特殊的审美意识形态，总是随着现实生活的变化而不断流变的。

在古希腊，文学主要是指悲剧和史诗，到后来，诗歌、小说等文学样式才逐渐进入了文学的领域。在中国文学史上，文学最初指的是诗歌。实际上，《诗经》就是当时的文学范本，随着人类情感体验的不断丰富，诗歌的艺术表现性难以充分表达人的心境。于是，汉赋、小说、唐诗、宋词、元曲等文学样式不断涌现，文学涵盖的范围逐渐扩大。在当代新历史主义的观点下，文学和历史具有相同的文本建构模式，历史的文本化与文学文本的历史化在当今已趋于融合。在文化研究者那里，文学也不再是单纯的平面书写，文学往往被视为一种负载了具体社会文化意识形态的文本。

文学的流变当然不是无缘无故的。从总的方面说，内因和外因共同决定了文学的流变历程，因此也显示出流变的规律性。外因主要是社会历史方面的原因，是指社会历史中的各要素都不同程度地制约和影响着文学的流变。内因是来自文学自身的原因，它既可以是本民族文学自身的，又可以是外民族文学的。可以从以下三个方面来考察文学流变的原因：

（一）社会历史变迁与文学流变

1.一个时代有一个时代的文学

文学是与时俱进的，很难说后世的文学一定超过了前世，正如钱穆所说的：骤然看来，似乎中国人讲学术，并无进步可言。但诸位当知，这只因对象不同之故。即如西方人讲宗教，永远是一成不变的上帝，岂不较之中国人讲人文学，更为故步自封、顽固不前吗？当知中国传统学术所面对者，乃属一种瞬息万变把握不定的人事。如舜为孝子，周公亦孝子，闵子骞亦复是孝子，彼等均在不同环境不同对象中，各自实践孝道。但不能因舜行孝道在前，便谓周公可以凭于舜之孝道在前而孝得更进步些。闵子骞因舜与周公之孝道在前而又可以孝得更进步些。当知从中国学术传统言，应亦无所谓进步。不能只望其推陈出新，后来居上。这是易明的事理。

2.社会历史各要素与文学流变的关系

社会历史的要素有很多，有经济的、政治的、法律的、道德的、哲学的等多个方面，它们都对文学的流变产生间接或直接的影响。

（1）经济基础与文学的流变

人首先需要生存，然后才能进行文学创作。经济形态和经济发展水平不同，相应地影响到文学的内容与形式的流变。社会生活有其具体的历史性，其形态与经济基础密切相关。由于不同社会形态的经济基础不同，每个历史阶段都具有性质各不相同的社会生活内容，文学必然体现着不同的内容。

（2）社会意识形态与文学的流变

经济基础对文学的影响并不是直接的，更多的时候是间接的。正如普列汉诺夫所说："应该记住，远不是一切'上层建筑'都是直接从经济基础中成长起来的；艺术同经济基础发生联系只是间接的。因此，在探讨艺术的时候必须考虑到中间的环节。"这些中间环节包括了政治、法律、道德、哲学等。社会意识形态的政治、法律、道德、哲学等，因为与文学处于同一个体系之内而互相产生作用，从而会影响文学的流变。

（3）社会发展与文学生产之间的不平衡关系

所谓"不平衡关系"，是说文学艺术的繁荣并非总是与社会的一般发展、物质生产的一般发展相一致，两者之间并不总是按比例增长的。这样的情形主要表现在两个方面：第一，从艺术形式来看，某种艺术形式的巨大成就只可能出现在社会发展的特定阶段，随着生产的发展，这种艺术形式反而会停滞或衰落；第二，从整个艺术领域来看，文学的高度发展有时不是出现在经济繁荣时期，而是出现在经济比较落后的时期。

（二）自我扬弃中的文学流变

文学的流变既有外在社会历史因素的影响，又有内在的自我扬弃。任何时期的文学都与前代的文学有着因果关系，也与后代的文学有着联系。正如马克思和恩格斯所说的："人们自己创造自己的历史，但是他们并不是随心所欲地创造，并不是在他们自己选定的条件下创造，而是在直接碰到的、既定的、从过去承继下来的条件下创造。"

文学内在的流变除了民族文学自身的扬弃，又与外来文学的影响有着密切的关系，这在世界各民族联系和交往成为普遍现象的时代表现得尤其明显。在世界一体化的格局中，民族的文学形式可能会因为接受外来文学而成为世界性的文学形式。就文学体裁而言，我国唐代以来新兴的说唱文学样式是在印度佛教文学的影响下产生的，自由诗和话剧是从外国移植而来的。但是，无论是文学的自我扬弃，还是受到外来文学的影响，都会在文学的发展进程中表现出来。这就形成了文学自身各要素的流变史——体裁的流变史、风格的流变史、表现方法的流变史、语言形式的流变史、文学思潮和文学流派的流变史等。当然，在流变中也有"不变"的因素，"不变"的是文学的"永恒主题"，如"爱""战争""死亡"等。

（三）流变中的经典

"经典"一词源于古希腊语，原意为用作测量仪器的"苇秆"或"木棍"，后来引申出"规范""规则""法则"的意义，这些引申义后来作为"经典"的本义流传下来，并进入了理论之中。

大体而言，在既往的优秀文学遗产中那些具有长久生命力的作品，是在历史长河中经受过大浪淘沙的洗礼而形成的文学经典，它们在中外文学的历史中占据着重要地位，也被历代的人们公认。古希腊艺术在西方文学史上成为不可重复的经典，具有持久的魅力，在后来的西方文学中，有许多文学作品都是直接或间接地取材于希腊神话。在中国文学史上，最早的诗歌总集《诗经》以其独特的魅力经久不衰，为后代的人们所喜爱。对于"四大名著"之一《红楼梦》的研究也一直没有间断，并形成了一门独特的学问——"红学"。"经典"是一个永恒的话题，但当今也有一股解构和重估经典的思潮，这也是值得研究者关注的一种趋势。

三、文学的未来走向

按照现代语言学的观点，文学作为一个"能指"符号，本身没有固定的永恒"所指"。换言之，文学并不是一种先验的客观研究对象，而是随着时代和社会的发展变迁，被不断赋予新的面貌和姿态。刘勰在《文心雕龙·时序》中所说的"文变染乎世情，兴废系乎时序"，即出于此理。

文学流变至今已经历了多次蜕变，而现代信息社会的迅猛发展还在进一步对文学的生产方式、传播方式，以及阅读方式起着革命性的作用。在新的语境下，"什么是文学""文学的本质是什么"这些重要问题受到了重新审视和反思。毋庸置疑，消费社会和网络时代的到来，使传统的文学观念和文学形态受到了巨大冲击，文学的意义及其规则受制于怎样的话语机制和意识形态，再次成为文学家和文学研究者关注的焦点。

实际上，从柏拉图开始，文学存在的合法性和它作为学科的边界就不时遭到质疑。柏拉图在《理想国》中指出："文艺是自然的模仿。"这个"自然"是以"理式"为蓝本的"自然"，所以是"摹本的摹本""影子的影子"。在19世纪初，黑格尔指出，艺术在工业面前无处容身，"就它的最高的职能来说，艺术对于我们现代人已是过去的事了，因此，它也丧失了真正的真实和生命，已不复能维持它从前的在现实中的必需和崇高地位"。在黑格尔看来，艺术源于感觉、情绪、知觉和想象，是人类的一种非理性的产物，艺术用感性的形式去表现和抵达真理。科技的进步不仅使人类的物质生活更加丰富，同时也使人们的精神生活更加贫乏，在偏重理性、规则和技术的时代，艺术的命运便是走向死亡和终结。

自19世纪以来，本质主义意义上的文学概念受到了空前动摇，尼采、德里达、罗兰·巴特、弗洛姆等人都对本质主义的文学观提出了疑问。近年来，传统文学观念的解体出现了加速的趋势，向当代文学理论提出了严峻的挑战。在这种语境下，文学研究出现的新趋势主要有以下几个方面：一是从宏大叙事向私人化写作转变；二是从价值重估转向价值重建；三是从审美诉求转向文化文本；四是从精英文学转向平民文学。

从具体的文本形态来看，主要有生态文学、网络文学、文化文本等新的文学类型。

（一）生态文学

生态学本属于环境科学或生物学的研究领域，但随着工业化带来的全球变暖、资源短缺、环境恶化等，人类不得不承担起自己的生态责任。当这种责任被文学家以文学形式具体化时，生态文学和环境文学就产生了。"生态文学"作为一个学科术语，最初是由美国学者密克尔在《生存的悲剧：文学的生态学研究》中提出的，当时他采用了"文学生态学"一词。1978年，美国学者鲁克尔特发表了《文学与生态学：一次生态批评实验》，首次使用了"生态批评"这个术语。此后，生态文学和生态批评在文学领域逐渐建立了自己的学理框架。随着生态文学的逐步发展，在文学的未来景观中，生态文学不只是一种文学样式，更有可能是一种生存观和世界观。

（二）网络文学

网络的出现给当今世界带来了巨大变化，加拿大学者麦克卢汉用"地球村"和"信息时代"对这种变化做了概括。网络在人际交流中具有快捷方便的优越性，在这种新的环境中，文学领域也出现了"网络文学"这个新种类。许多作家和评论家开始对它进行学理上的归类和研究，有关网络文学的批评、研究和论争也在发展之中。网络文学的出现，给传统文学和文学观念带来诸多挑战。对于网络文学未来的发展趋势和前景，目前还是一个有较大争议和值得研究的问题。

（三）文化文本

当今，文学被当成了文化的一个分支或一个维度，文学只是其中最具有审美性的艺术表现形式。但就文学观念本身的流变而言，"杂文学"的一个重要特征就是其文化性。传统文学的学科边界被"文化"这个更加宽泛的概念所拆解和整合。文学的这种转型与西方的符号学、文化研究的趋势有很大关系。文化文本的主要特征是文学与文化趋同。经典文学的样式往往是精英知识分子创作的,具有独立个性的艺术世界,而文化文本却在文学与大众文化之间形成了共时性的对应关系。文化文本在西方有多种形态,如女性文学、都市文学等,在中国则有时尚读本、文化散文等。所谓时尚读本,是指"作为一种新近形成的小说形式的命名,则是对显现于 20 世纪 90 年代初、生成于 90 年代末期的、在文学市场化时代形成的小说形式的概括与认定"。就其叙事风格而言,常常是对一种社会原生态的模拟;时尚读本的美学特征有如下几个方面:时尚性质、复合特征、市场策划意识、都市流行风格等。文化文本的形式非常多,总体来说,文化文本的发展呈现出多元共生、杂语喧哗的局面。

第二节 教学的基本理论

一、教学的概念

古今中外的教育学家和教育学相关论著对教学的概念有各种不同的定义。早在殷商时期的甲骨文中就出现了"教"与"学"二字,此后"教""学"二字的含义便不断为人所知,在《礼记·学记》中就有了"教学相长"之说——"是故学然后知不足,教然后知困。知不足然后能自反也;知困,然后能自强也。故曰:教学相长也"。这里所说的"教学"已经接近于当今"教学"的含义。

第一种说法认为,在一般情况下,教学就是指教的人指导学的人所进行的学习活动,或者说是教与学相结合或相统一的一种活动。第二种说法认为,教学是教师与学生以课堂为主渠道的交往过程，是教师的教与学生的学的统一活动。通过这个交往过程和活动，学生可以掌握一定的知识技能，形成一定的能力态度，使人格获得一定的发展。

在第一种说法中，"教"的人不一定是指教师，但是主要是指教师；"学"的人也不仅限于学生，但主要是指学生，这样的解释有利于将教学的概念理解得更加宽泛一些。

后一种说法则显得更具有现代意义。把教学活动理解为一种对话交往过程，包含如下含义：教师与学生是一种"交互主体关系"。"交互主体"在这里的意思是指，在教学活动中教师和学生均是教学过程中的主体。教师"闻道"在前，知识、经验和技能均在学生之上，因而有教导、组织、促进学生学习的责任，是教学活动的主体；但是在教学活动中，学生的人格应与教师平等，学生应有自己独特的精神世界和价值观，在教学活动中也应积极参与，全身心投入，否则教学活动将难以开展，因此学生也是教学活动的主体。这两个主体在教学过程中应该结合成一个共同体，彼此开展交流和对话，使教学活动得以顺利进行。

本书所说的"教学"，是把它看作教育者与学习者之间通过"教"与"学"的活动联结起来的交流对话活动。

二、教学活动的诸要素

教学活动是一个由多种要素构成的有机整体。

有的研究者认为教学活动主要由五个要素组成，即教师、学生、教学内容、教学方法和教学管理。教师在教学活动中起主导作用，依据学生的身心发展规律和个别差异，通过创设、调控、利用一定的教学条件，充分调动学生的学习主动性、积极性和创造性，使教学活动达到最佳的效果；学生则是学习的主体，教学过程的最终目的是促使学生在德、智、体、美、劳各方面都得到发展；教学内容是教师的"教"与学生的"学"的基本依据，是教学过程得以展开的载体；而教学手段和教学管理既是教学过程的重要因素，又是影响教学过程、提高教学效果的重要保证。

也有研究者认为教学活动由七个要素组成，分别是学生、教学目的、教学内容（课程）、教学方法、教学环境、反馈和教师。这种说法认为学生是学习的主体，是整个教学活动的切入点；教学目的是组织教学活动的原因；教学内容是实现教学目的的凭借，是教学活动中最具实质性的因素；教学方法是把课程内容转化为学生的知识、能力、思想、情感的因素；教学环境是指完成教学活动所需要的时空条件，包括有形的校园，无形的师生之间、同学之间的关系，校风、学风、班风及课堂气氛等；反馈是教学活动中师生沟通的一种渠道；教师既是教学活动的中介，又是教学活动的主导。

上述两种说法各有其道理。在本书中，主要将教学活动的诸要素分为教师、学生、教学内容、教学方法、教学管理五个部分。

三、教学活动的基本特点

关于教学活动的基本特点，目前有多种说法，而且对于不同阶段的教学，其特点和侧重点也各不相同。但是从更高层次上讲，我们可以把教学看作一种有别于其他社会实践活动的特殊活动，需要特别注意以下几方面的特点：

（一）教学的目的、任务和内容受制于社会需要

学校教学的目的、任务和内容是由一定的社会政治、经济制度等多方面因素决定的。学校要培养什么样的人，要达到什么样的培养目标，通过怎样的方式去实现培养目标，都受到社会需要的制约，同时这些因素也会受到社会生产力发展水平和科技文化发展状况的影响。此外，社会的文化价值等因素对教育、教学也会产生相应的影响。

（二）"教"与"学"相互作用、相互影响

在教学活动中，"教"与"学"相互促进，相互影响。所谓"教学相长"就是一个早已为人所共知的常识。传统的教学观认为，教师在"教"的过程中起决定性的作用，会对学生产生巨大的影响，但是教师的"教"必须以学生的主动学习为基础。学生的"学"是教师的"教"的目的和归宿，无论是对于知识的建构，还是对于知识的掌握，归根结底都要落实到学生那里。因此必须重视学生的"学"对教师的"教"所产生的影响，特别是在现代社会中，学生的主体意识不断加强，获得知识和信息的渠道不断增多，获取知识的能力不断提高，学生在对教师的选择上的自主性更强，在这种情况下，学生的"学"对教师的"教"所产生的影响会越来越大。

（三）教学效果取决于教学诸要素的合力

与其他一些可以预测最终结果的活动不同，教学效果的出现更具有不可预测性。例如工厂的生产，从原料到最终的产品，其可预见性是比较明确的，但是对教学效果的分析与预测则复杂得多。同一个教师在同一条件下教授同一内容，对不同的学生会产生不同的效果；不同的教师在不同的条件下教授不同的内容，对不同的学生所产生的效果更是难以预测的，因此可以看出，教学活动具有复杂性和不可预测性。教学效果的评估需要考虑教学活动中的多种因素，如教学的内容、方法、环境，以及教师、学生等，都可能对教学活动产生较大的影响。因此，在教学过程中，必须妥善处理各种要素之间的关系，全面把握好各个要素，不能偏废任何一个要素，也不能顾此失彼，既要考虑教师和学生的状况，又要顾及教学的环境、方法等，否则就不会有很好的教学效果。

四、教学活动的基本功能

教学活动的基本功能概括起来有以下几种：

（一）传递知识

人类文明和知识的传承靠的是薪火相传。在教学活动中，教师的首要职责是传递知识，这是毫无疑问的。对于学生而言，尽管目前获得知识的渠道越来越多，但是大多数知识依然是通过教学活动获得的，因此教学活动的基本功能就是传递知识。

此外，教师的教学主要围绕教材来进行，而教材的知识含量之丰富，是其他任何工具都无法比拟的，因此从工具的使用来看，教学传递知识的功能是非常强大的。

（二）形成技能

传递知识与形成技能是统一的，两者互为表里、互相依存。例如教师在传递知识的时候，实际上也教给学生一些积累知识的技能。此外，有时候技能的形成也要通过课堂教学的方式，并加以训练才能实现，中小学如此，大学也是这样，例如现在许多高校都会安排大量的实习实训课程，其目的就是培养学生具有更高的技能。

（三）培养智能

对学生进行智能的培养，是教学的一项重要功能。传授知识、形成技能固然重要，但是智能的培养也不容忽视。有时靠机械的方法获得知识也可能使人形成某些技能，但是这个人未必有很好的智能。因此，如何在教学活动中培养学生的智能，已经成为当代教育理论研究的重要内容。事实上，在教学中通过一定的手段训练学生的智能，使学生掌握一定的思维方法，从而提高解决问题的能力，也是十分重要的。

（四）发展个性

当今时代是一个追求个性的时代，当代的教育十分重视对学生个性的培养。学生的知识、技能和智能固然是形成独特个性的基础，但是思想品德、价值观、情感、态度、意志等因素对学生个性的形成也有很重要的影响。因此，通过教学活动改善学生的知识、技能、智能结构，培养学生良好的思想品德，培养其良好的意志品质，从而使学生形成正确的价值观，最终完善其个性，也是教学的重要功能。

第五章 文学理论教学过程

教学过程是高校培养人才的基本途径。文学理论的教学过程涉及教师、学生、教学内容、教学方法、教学管理和教学环境等因素。如何看待文学理论教学过程的本质，如何在教学过程中实现文学理论教学各个因素之间的完美结合，最终达到教学目标，这是文学理论教师容易忽略的问题，也是一个非常重要的、必须引起高度重视的问题。

第一节 文学理论教学过程本质

文学理论的教学过程是一定的教育者（通常是教师）在一定的教学环境下，通过一定的教学方法、手段将一定的教学内容传达给一定的教育对象（学生）的过程。它是一种有目的、有意识、自觉的理性活动，是学校最终达到教学目的和实现人才培养目标的重要阶段。文学理论的教学过程涉及教师、学生、教学内容、教学方法和教学环境等因素，同时教学管理者也是影响文学理论教学的重要力量。

一、关于教学过程本质的基本看法

关于教学过程的本质，在现代教学理论中多有争论，莫衷一是。

20世纪50年代末至60年代，在我国的教育理论界展开过一场论争。在当时，基本上是按照马克思主义哲学关于认识与实践的关系原理来界定教学与认识、教学过程与一般认识过程、教学过程与实践过程等关系的。通过论争，形成了一些基本主张，即要用"实践—认识—实践"这一人类认识的总规律来组织教学，教学过程既不能脱离人类的一般认识，又不等同于一般的认识过程，教学过程是人类认识的一种特殊形式。

到了80年代以后，对于这个问题又展开了一场更大规模的讨论。这次讨论的主要问题有两个：一是基于方法论方面的，即以什么方法论或理论为指导来探讨教学过程的本质；二是基于本质观方面的，即回答教学过程的本质到底是什么，什么样的教学过程能最有效地指导教学实践等。

关于这次讨论，有研究者概括了十种说法，即认识与特殊认识说、认识—发展说、认识—实践说、多本质说、发展说、情知说、审美过程说、教师实践说、适应—发展说、价值增值说。还有研究者提到认识说、学习说、交往说等。这些观点各有其合理性，其中，以下几种观点对我们理解文学理论教学过程比较有益：

（1）认识与特殊认识说。其认为，教学过程是一种认识行为，同时又是以学生认识、掌握已有的科学文化基础知识和基本技能为基础的认识过程。与一般的认识过程相比，教学过程有其特殊性、间接性、领导性和教育性。

（2）认识—发展说。其认为，教学过程不仅是在教师领导下的学生自觉、能动地认识世界的特殊认识过程，而且是以此为基础，促进学生身心全面发展的过程。

（3）认识—实践说。其认为，教学过程是一个包括认识过程和实践过程两方面的活动过程，是认识与实践过程的统一。

（4）交往说。其建立在德国著名哲学家哈贝马斯的交往行为理论的基础上，认为教学过程的本质就是教师与学生之间通过知识这一中介，以传授知识和技能促进学生的发展为中心任务的一种特殊的交往过程。在交往过程中，教师和学生都是具有主体身份的人，他们之间是相互作用、相互交流、相互沟通、相互理解的关系。

二、文学理论教学过程的本质

有了上述认识作为基础，我们可以看到文学理论教学过程从本质上讲是一种教师对学生进行的文学理论知识的教育活动，也是一种学生通过学习掌握知识、认识世界、发展自己特长的实践活动。在这个活动中，师生之间应该是一种特殊的理性对话关系。

（一）文学理论教学过程是教师对学生进行的理性教育活动

这里所说的理性，是指文学理论教学过程是一种区别于感性的活动。文学理论教学从其内容构成来看，是通过概念、判断、推理进行并最终完成的，它不同于以感性为主的创作活动或作品欣赏活动；从其进行过程来看，始终离不开理性思维的所有因素及其作用，它要向学生提供关于文学的本质、发展规律、作品创作与生产、作品的构成、鉴赏与批评等基本规律，这些规律是人类理性认识的一部分。因此，文学理论教学过程是教师对学生进行的理性教育活动。

（二）文学理论教学过程是师生共同参与的认识与实践过程

1.文学理论教学过程是一个师生共同参与的过程

过去，一些研究者认为，教学过程在本质上是在教师的指导下进行的一种认识过程。随着学生主体意识的增强，学生的地位不断得到强化，有的研究者试图否定教师的主体地位。但是无论如何，教学过程仍是一个由教师依据一定的教学目的和特定的培养目标，有计划、有目的地引导学生认识世界，把学生培养成合格人才的过程。因此，教学过程强调师生共同参与，强调教师的积极主导作用和学生的主体作用。

尽管文学理论课程的特点可能会在一定程度上影响学生的参与程度，但是该课程还是需要学生参与的，否则教学将无法进行。这里需要指出的是，文学理论教学过程中的参与重在强调学生的因素，相对于"布道式"教学而言，它要求给予学生自由思考、运用自己的理智的机会，给予学生选择教师、安排学习进程的权利。除此之外，教师要评价学生，学生也要评价教师。除了班级教学，还可以采用小组教学课堂讨论、个别化教学等多种教学形式。

2.文学理论教学过程是一个认识与实践的过程

文学理论教学的实践性首先源自理论本身的实践性。文学理论的实践性品格决定了文学理论教学的实践性，因为任何一种理论都来源于实践，受具体实践的催发与孕育，并在实践中不断受到检验、证实，最终在实践中得到发展。实践是理论的源泉，理论反过来又指导实践，在实践的检验中发现新的问题、矛盾与现象，从而产生新的理论生长点。理论与实践的相生相长、相互交融的关系，既可以使文学活动生生不息，又可以使文学理论教学活动永无止境。

因此，在文学理论教学活动中，教师的讲授与学生的学习都应将文学理论与文学创作实践、阅读鉴赏实践、理论批评实践结合起来，使得文学理论保持与文学实践的密切关系。同时，由于理论与实践之间的互动关系，可以使得师生树立一种新的教学观，即无论是教，还是学，其重点都不应该是某些理论知识的简单传授与记忆，而应该是一个历史的、开放的、动态发展的知识建构的过程。

在文学理论教学中，固然要传授给学生关于文学的性质、构成、体式、创作、鉴赏、批评等方面的知识，还应该将这种知识转化为学生的能力，这也是文学理论教学实践性的表现。在文学理论教学活动中，教师不仅要传授给学生理论知识，更重要的是让学生学会理论思维方法，培养其发现、阐释文学问题的能力。例如，在教学中，应对文学作品的文本分析能力高度重视，学生的文本鉴赏能力是要在广泛阅读各种作品的基础上才能获得的，这种强化学生阅读与批评实践的做法在教学中是广泛存在的。

从 20 世纪文学理论学科的发展轨迹来看，注重理论的实践性是一种趋势。在文学理论发展史上，按照艾布拉姆斯的说法，文学活动包含四个要素，即"世界""作家""作品""读者"，在不同的时代，对各个要素关注的重点是不同的。如果说，在二十世纪三四十年代以前，人们关注的重点在"世界"与"作家"，因而产生了文学的本质论、作家天才论、创作论等这些影响深远的文学理论，随着英美新批评派在二十世纪三四十年代的兴起，文学理论的关注重心就开始转向作品及其文本分析。形式主义理论及接受美学所关注的文学性问题或者作品的接受与阐释问题，都与作品的解读、作品意义的阐发和作品价值的判断等实践活动联系在一起。

20 世纪，西方文学理论不仅直接为文学史研究和文学批评提供概念、方法，而且常常与批评理论结合在一起，使文学理论批评化。文学理论不仅不再满足于从形而上的高度探讨文学的本质，甚至一度放弃了对这些问题的探索，而是直接参与对文学作品的解读与具体研究，解释文学作品的意义是如何形成的，读者是如何在文学史的建构过程中发挥其解释作品的作用，从而推动文学发展进程的，这些都是实践性很强的问题。

20 世纪中期以后，西方文学理论发展的这种趋势也为中国重视文学理论教学过程的实践性提供了一些有益的启发。

（三）文学理论教学过程是师生之间的交往与对话过程

文学理论教学过程是师生之间的交往与对话过程，这是我们认识文学理论教学过程的本质的又一个观点。

教学实际上是一种交往行为，没有交往就没有教学。我们对教育过程本质的认识，不能仅停留在认识过程上，而应该看到教学过程也是一种交往过程。

文学理论的教学过程是由教师的"教"与学生的"学"构成的双边交往活动过程。教师受社会的委托，根据时代要求制定教学目标，采用适当的方式教育和培养学生，促进学生的全面发展。而学生在教师的引导下，通过教师的讲授、自己阅读书籍和其他方式而获得发展，实现个体的社会化。教师与学生、教师与教师、学生与学生之间的这种交往的最终目的就是传递信息、解决问题。

在文学理论的教学过程中，教学交往的主要形式就是对话。对话主要强调的是教学中所有使用的语言的互动行为，它的根本特点是谈话各方共同致力于制造意义。因此，教学对话是指师生基于相互尊重、信任和平等的立场，通过言谈和倾听而进行的双向沟通、共同学习的方式。

（四）文学理论教学过程是"学习—认识—实践—完善"的过程

文学理论的教学过程不仅是知识、技能的传递过程，而且是学生的世界观、价值观、道德品质、心理素质等形成与发展的过程。知识本身包含着世界观、价值观、伦理道德、思想政治方面的内容，当学生接受教师所传授的知识的时候，也就接受了某种思想观念，不仅对世界有了某种认识，而且还产生了实践的动力和基础。通过文学理论教学，学生可以形成正确的文学观和世界观。

应当指出的是，理论知识对学生形成完善的人格具有很重要的作用。在文学理论教学中，教师的学识、信念、态度、作风、行为等都可以对学生起到潜移默化的作用，影响着学生的思想、感情、意志、性格等，对学生的人格养成产生一定的影响。

第二节 文学理论教学过程要素

文学理论教学实质上是教育者对受教育者进行的理性教育活动的过程，在这个活动过程中，涉及以下几个因素：

一、教师

过去，人们常常认为教师是教学活动过程的主体。随着现代教育教学理论的发展，人们又认为学生才是教学活动的主体，而教师只不过起着主导作用。关于谁是教学的主体的问题，还将会继续争论下去，但是不管怎样，教师的作用是无法被否定的。在文学理论的教学过程中，教师的作用毫无疑问是十分重要的。

（一）教师在教学活动中应起到导向和组织作用

教师作为教育者，一般是受过专门专业训练的，所谓"闻道有先后，术业有专攻"，教师的职责要求其必须承担起教学活动的指导和组织任务。从教学目标的设计、教学大纲的制定、教材的编写与选择、教学方案的组织实施、教学内容的讲授与传达、教学效果的评估与反馈等各个环节中，都可以体现教师的主导作用。担任文学理论课程教学的教师在这方面起到的作用要更大一些，因为在学生进入大学之前，不仅缺少对文学理论课程的认识，甚至连作品阅读量也不够。学生在此前虽读过数量不等的古今中外的文学作品，也或多或少写过一些散文、小说或诗歌，但是很少有学生读过系统的文学理论书籍，更没有积累起完整的文学理论知识体系。因此，在学习中更需要教师的指导——不仅是需要教师更多地讲解课堂教学内容，促进学生能够更好地理解内容，而且即使学生到了高年级阶段，也需要教师对其进行理论选修课程的指导，否则学生将难以形成合理的理论知识结构。

（二）对于文学理论教师的素质要求较高

较之文学其他课程的教师而言，对从事文学理论教学的教师的素质要求要更高一些。有人认为，对文学理论课程进行教学和研究的教师应是全能型的，这是有一定道理的。

讲授文学理论课程的教师应当具有理论家的素养、文学史的相关知识、创作者的能力和教师的教学技术等多方面的综合素质，这样才有可能成为合格的文学理论教师。较深的哲学文化素养、厚实的文学理论功底、敏锐的理论洞察力不仅是从事文学理论教学的前提，而且是关键。同时，由于文学理论教学涉及古今中外的文学现象和社会人文知识，因此它要求教师做到博古通今。因为要想在教学中游刃有余地征引古今、评说各种文学现象，教师必须广泛涉猎各种作品、理解各种文学现象。此外，分析作家创作的成败，体悟作家创作的艰辛也是很有必要的，这又要求教师有一定的创作素养或经历。

关于教师的教学技巧，主要是要求教师的言说方式富于逻辑性、思辨性，教师要善于运用文学理论特有的方式，让学生感受到理论的理性魅力，这又要求教师处理好感性与理性的关系。因为文学毕竟是理性的感性显现，文学理论研究的主要对象是文学作品，是充满着人性之美、人情之美的鲜活的文学形象，或者是富于诗性情韵的意境。

因此，教师除了应具有理性，还应当具有感性，应该能够充分感悟文学的感性魅力，进而体验文学作品中丰富复杂的意蕴。除此之外，教师还要善于用独特的语言，把这种体验和感悟表达出来，传递给学生。

二、学生

学生是教学过程的主体。无论是把教学过程看成一种认识过程，还是将其看成一种实践过程或发展过程，归根结底都要作用到学生身上。因此，承认学生的主体地位，充分发挥学生的主观能动性就显得相当重要。在文学理论教学的过程中，对学生的这种主体性认识是很不足的，其中一个重要的表现就是教师讲得多、学生学得少。

在文学理论教学活动中，对于学生的基本认识可以体现在以下几个方面：

（一）学生是发展中的完整的人

学生是人，主要是指学生是能动的个体，有参与教学活动的能力，有独特的思想情感，有独立的人格、需求和愿望；学生是发展中的人，就是指学生有着巨大的潜在可能性，是处在变化中的人；学生是完整的人，是指学生是有生命的，是有着多方面需求的活生生的人。对于接受文学理论教育的学生来说，进行理论学习，不是要让他们接受枯燥乏味的理论知识，而是要全面发掘学生个人的理性能力，发展其个性，完善其人格，使之不仅具有感性的一面，更具有理性的一面。

（二）学生应是以学习和接受理论教育为主要任务的人

学生这种特定的社会角色决定了他的职能是学习，可以说，学习是学生的天职和权利，但是学什么对于学生来说，不仅取决于他的兴趣、爱好，而且取决于社会需要、环境影响，以及教师的引导等因素，有时候教师的引导更显重要，文学理论的学习也是如此。很多学生并非出于履行自己的天职或者为满足自己的兴趣爱好才来学习的，一些学生是由于文学理论课程是必修课才不得不学的，有的学生是为其他目的而来学习的。有些学生虽然对理论学习抱有兴趣和正确的认识，但是由于理论课程本身难度较大，对于学生来说，学习理论课程存在一定的困难，这就要求教师在教学中能够激发学生的学习兴趣，帮助学生克服这些困难。

（三）学生应是具备学习理论条件的人

与中学生相比，大学生认知活动的发展有其特点。在观察力上，随着抽象逻辑思维的发展，其观察能力的目的性、计划性、组织性都达到了相当高的水平，观察范围有所扩大，通过观察去认识事物、发现问题、解决问题的能力更强；在注意力方面，大学生注意力的稳定性更高，适合学习一些理论性较强甚至较为深奥、枯燥的课程；在记忆力方面，大学生在记忆的准确性、持久性、敏捷性等方面都有一定的优势，已经发展到以逻辑记忆为主，而非中小学生的以形象记忆为主；在思维能力方面，大学生的抽象思维能力特别是辩证思维能力得到较快的发展，思维的独立性、逻辑性、批判性、灵活性、创造性都有较大的增强，能够全面分析问题，容易接受新知识、新思想，不迷信权威。此外，大学生在自我意识、表现欲望、兴趣特征等方面也有自己的特点，例如有的学生较早意识到自己长于逻辑思维，对理论学习有兴趣；有的学生逻辑思维能力强于形象思维，在这方面的表现欲望特别强烈。这些都是学习理论课程不可缺少的条件。

三、教学内容

　　文学理论的教学内容随着社会历史条件的变化而有所不同，这主要集中在教材的发展变化上，教材中文学理论的基本范畴、核心命题、框架体系甚至具体的提法都会随着时代的变化而有所改变。在现行的课程体系中，由于高校办学自主权的扩大，各校会根据自身的学术积累独立设置一些课程。各校在选择教材方面，有充分的自主权，甚至可以自主编写教材。此外，即使使用同一本教材，不同的学校、不同的教师，在对不同的章节、不同的内容进行取舍、增删，对重难点的把握，对具体问题的分析等方面也各不相同。可以说，教师对教学内容的选择和处理有较高的自主性和灵活性，这是高校教学区别于中小学教学的突出特征。这种自主性和灵活性体现了高校一直以来崇尚的学术自由，对教学有很大的促进作用。因为有了这种自由，教师就可以把自己的研究与教学结合起来，根据自己的学术积累以及学生的需求，不断发掘、创新、传播一些新的学术观念，推动学术的发展和学科知识的创新。

四、教学方法

　　教学方法是在教学过程中，教师和学生为了实现教学目的、完成教学任务而采取的教与学相互作用的活动方式的总称。它是教学过程中整体结构的重要组成部分，因此是教学的基本要素之一。

在文学理论教学中，教学方法的选择所起的作用是非常重要的，因为教学效果的好坏往往与教学方法选择的恰当与否是分不开的。从历史上看，各个时代的教学除了继承以前的教学实践中行之有效的方法，还有反映一定时代特征的新方法的诞生。在目前的文学理论教学过程中，对教学方法的选择与使用的重视程度是不够的，绝大多数学校和教师所选择的方法还是非常传统的讲授法，其长处在于，教师在教学活动中居于主导地位，可以保证教学内容的传达和教学目标的实现，有利于加强对教学过程与结果的管理，也有利于教师对学术观点的灌输。但是其不利之处也显而易见，即文学理论教学有思想教育的一面，使用讲授法在一定程度上可以保证思想教育能够落到实处，但是这并非长久之计。教师过多地讲授，容易导致课堂气氛沉闷，使学生昏昏欲睡，对理论学习产生厌恶心理。这时候，即使使用新的教学技术，如多媒体技术等，也未必有用，也不一定能增强课堂的活力，文学理论教学的效果也难以实现。

此外，在文学理论教学中，还涉及考试制度和考试方式的改革问题，包括课程考试和研究生入学考试。一些学校采用的考试方式较为落后，如过分强调所谓的基础知识的学习、过多地考查一些需要机械记忆的题目；或者使用一些与现代教学理念不吻合的题目类型进行考试，如一些令人无从选择的选择题和不存在是非判断的判断题等。实际上，在文学理论教学过程中，考试作为教学评价的方式之一，应该服务于教学目的，应该更注重培养学生的理解能力和分析能力。因此，在文学理论考试方法的选择上，仍需进一步突破。

五、教学环境

教学环境问题是文学理论教学中最容易被忽略的问题，从哲学层面来看，环境主要是指我们所研究的主体周围的一切情况和条件。人的生存和发展离不开环境，环境决定人、造就人，人反过来也影响和改造环境，教学环境就是学校教学活动所必需的客观条件的综合。

广义而言，社会制度、科学技术、家庭条件等也属于教学环境。从狭义来说，教学环境主要是指学校进行教学活动的场所、各种教学设施、校风、班风、师生关系等。

对于文学理论教学而言，教学环境是影响教学质量提高的基本因素。例如，目前的文学理论教学处于大众文化占据统治地位、对传统经典的重视逐渐下降的环境中，这样的环境对文学理论教学所产生的影响不容低估。20世纪90年代以后，随着科学技术的发展，特别是网络技术与多媒体技术的飞速发展，人们的物质生活条件不断改善，闲暇时间不断增加，用于文化娱乐与消费的时间、精力等不断增多，青年一代大学生对流行文化表现出极大的热情，而对经典文学作品的兴趣在不断下降，大学生的审美情趣不仅与二十世纪五六十年代的人不同，与80年代的大学生也有很大不同。青年一代对所谓的经典作品往往不感兴趣、不愿阅读，只是到要考试的时候才匆匆浏览一遍，甚至只看内容提要，而把更多的时间和精力用来阅读时下流行的作品。又如，随着网络写作的出现，传统的文学表现形式被突破，一些新奇、古怪的写法在文学作品中不断涌现，一些表现手段已经开始渗入文学领域，这些因素无疑给文学理论教学带来新的难以估量的影响。

其实，在文学理论教学过程中，各种因素是相互关联、相互影响的。没有教师的教学，教学过程就没有主导和领航人；没有学生的参与，教学就没有对象和目的；没有内容，教学就无从实现；没有方法，教学将会混乱无序，难以进行；没有环境，教学也同样无法存在。因此，诸多方面缺一不可。

第三节 文学理论教学过程改革

和所有事物的发展要随社会生活的发展而发展一样,文学理论教学也随着时代的发展、社会的变迁、高等教育事业的不断进步而有所发展,高校教学的各个环节都面临着改革的问题。文学理论教学改革中的许多问题已经开始为专家、学者们所重视。

文学理论课程是高校中国语言文学类专业的基础课,对树立该专业学生的专业意识、提高其理论素养、培养其文学批评和理论思辨能力,都有重要意义。但近年来,文学理论课程教学似已陷入困境,在教学目标设定、教材编写、教师讲授方式、学生能力培养等方面都与时代和实践产生了隔阂。在某种程度上,当下的文学理论课程在中国语言文学类专业中成了无趣的代名词,令人望而生畏,因而难以实现该课程本应承担的任务。文学理论的教学困境与文学理论本身的特殊性有关,也与我国高校现行的管理模式、教学制度等宏观教育实践环境有关。但对于奋战在一线的高校教师而言,与其等待大环境的改变,不如率先实现某些具体可行的教学目标,逐步推进高校文学理论教学改革。

一、突出"化虚为实"的总体思路

在高校中国语言文学类专业一年级开设的专业课程中,学生普遍认为文学理论是最难懂、最难学的课程。的确,相对于以陈述事实为主的文学史,文学理论的抽象程度很高,理解起来有一定的难度;再加上文学理论中的某些理论话语远离了生活实践,变成了冰冷的知识,对学生难以产生冲击力。

为了让学生能够接受理论,先要让理论变得鲜活起来、有血有肉,方能入情入理。为此,在文学理论教学过程中,必须突出"化虚为实"的总体思路。所谓"化虚为实",就是将理论语境化,在具体化、历史化的思维中把握理论的生成方式、具体内涵及实际用途，并在形象化、情境化的教学氛围中拉近理论与学生之间的距离，使教学过程意趣盎然。

有关理论的边界问题已有公论，不能将某一理论看成具有普适性的真理。文学理论虽是对文学基本规律的总结和呈现，但文学理论同样带有语境性，往往是对特定时期文学观念的反映。因此，在教学过程中，教师可以运用语境化的思维还原理论话语的生成过程，使学生在具体情境中把握理论的内涵，并进一步形成对理论的反思批判立场。例如在讲解"文学是一种审美意识形态"这一观点时，教师不应对其简单否定或肯定，而应提醒学生思考如下问题：这一观点是由谁在什么时候提出来的？为什么其在20世纪80年代的中国成为一种主流的文学观念？而现在又为什么会遭到质疑？

很多理论话语都是由文学理论家提出的，教师在阐释理论观点时还可将之适当地与文学理论家的人格与人生境遇相联系。这样，一方面，因有具体的人事为依托，理论可以获得生命；另一方面，也呈现了理论背后更为鲜活的历史语境。例如在讲解金圣叹相关人物性格的理论时，教师可选择知人论世的讲述方式，先让学生搜集整理这位理论家的生平资料，使学生对晚明的个性解放思潮有所理解，在激发学生兴趣的基础上，分析中国古典小说创作和评点中"个性说"的内涵。在讨论中，一些学生能将金圣叹的人物性格评点理论与西方的典型性格说加以比较，深化了其对中西文学理论中的人物性格理论的理解。

文学理论的鲜活性最终体现为它在当下文学批评实践中的活跃程度。也就是说，在教学中，无论是对例证、个案的选择，还是对考题、作业的选择，都要尽量贴近当下的文学实践和学生的生活经验，并以提升学生文学欣赏和批评能力为目标。例如"意象""意境"和"典型"是教师必讲的基本概念，但在选择讨论个案时，最好能从最新的文学现象中寻找易于被学生接受的例证，以求达到最佳效果。

二、结合教材特点，编制个性化讲义和教学课件

如果说教学思路是教学过程中的灯塔，那么合适的教材和教学课件则是教师手中的船和舵，没有它们，就无法将学生送往知识和能力的彼岸。作为高校教师，面对当下林林总总的教材，教师要做的工作往往是批判性地协调。所谓批判性协调，是指教师要在大量阅读各类教材的基础上，结合本校学生的实际情况，选择一些既能体现知识的系统性，又有利于培养学生能力的重点和难点，并对其进行重新结构和编排，最终形成适合教学的个性讲义课件。

在倡导多元教学改革的思潮中，各类新编的文学理论教材不断涌现。作为一线教师，需要对当下各种教材的特点和优势了如指掌，并且教师应具有足够强的辨识和选择能力，在教学过程中才能收放自如。一般情况下，因大学一年级学生处在从高中向大学的过渡阶段，指定参考书目可使学生在学习过程中"有本可依，有章可循"，不至于晕头转向。为了适应学生的这一特点，教师应选择其中一本教材作为主要参考书目，再补充糅合其他教材中某些有价值的内容来编撰讲义。在此基础上，教师可以再根据本地、本校、本班的实际情况稍做调整，编撰出适合年度教学的讲义和课件，以求达到最佳教学效果。这种编撰讲义的方式在表面看来很像鲁迅说的"杂取种种，合成一个"，但其出发点却是"立足现实，因材施教"。

编撰讲义与撰写论文的不同在于，后者以创新为目标，而前者必须以帮助学生形成对文学的基本理解和知识体系为出发点，以培养学生的文学欣赏与批评能力为现实目标，故不能一味求新立异。一般来说，编撰讲义的第一步是确定课程的主要知识点，也就是对教学大纲的确定。教学大纲的编撰一定要遵循"重点突出，各个击破"的原则。对于某些与学生知识、经验脱节的教学内容，要做出调整和压缩，以适应学生的接受水平，也节约教师的讲授时间。而对于一些需要重点阐释的内容，教师则要结合实例，采取多种方式讲透、讲清。有时，教师还要根据学生的实际情况灵活处理讲授要点，做到传道与解惑并重。

例如有关文学的审美价值与文化价值的问题，多数教材语焉不详，一笔带过，一些教师只是随口一说，未曾深究。但笔者在教学过程中发现，历年都有学生对此很感兴趣，穷追不舍。考虑到解决这一问题可帮助学生进一步理解文学作品，又可以涉及时下流行的文化研究，笔者特别设置了个案分析讨论环节。以学生较为熟悉的诗词为例，分析诗词的审美价值与文化价值的关系。通过讨论，学生将两者的关系总结为：文学作品的审美价值一般指其艺术上的独创性，而文化价值则往往较为宽泛，包含了审美价值、认知价值、伦理价值等；对两种价值的考察，分别会形成审美分析和文化研究两种路径。这样，借助一个点的剖析，学生至少在理论上清楚了文学批评的两种不同路径，教学效果较好。

在确定教学大纲之后，教师可围绕知识点将教学内容分成若干部分来讲授，每一讲以问题、话题和主题切入，作为讲义的主要线索。这既有利于学生抓住学习重点、培养问题意识，又有利于教师形成脉络清晰、重点突出的教学思路。同时，在编撰讲义的过程中，教师要特别重视例证的选择和整理，用来作为分析讨论的例证，来源最好多样化、动态化；引经据典的部分固然需要，当下的文学文化实例更要不断补充，对于地方的文化资源也可适当吸纳。

这种强调多元化、动态化的举例策略，"不仅是为了适应当代文化语境，吸引作为学习者的当代大学生，而且是为了通过对当代文化产品的批评分析，使文学理论知识在运用中变得鲜活起来，从而促进学生对这些知识的掌握，并最终转化为他们理解和认识这个时代的思想方法"。

随着多媒体教学环境的快速发展，多媒体课件得到普遍使用。多媒体课件的功能是多元的，它既可替代传统板书，标记关键词语和重要表述，又可以将图片、音频、视频等形象化手段引入教学过程，激发学生的学习兴趣。从教师备课的角度来看，课件的制作过程是教学思路进一步具体化、条理化的过程，是第二次备课。好的课件往往体现了教师对教学内容和教学方法的娴熟把握。就文学理论课程而言，课件的制作无须太注重形象性，但要特别强调"逻辑清晰、重点突出"的原则。首先，课件内容的编排顺序应遵循阐释文学理论的逻辑，层层深入地展现理论的生成、理论的内涵及运用的过程；其次，课件中的文字要简略，成段成篇的完整表述要让位给凝练概括的纲要式表达，但也不可随意摘录讲义，要对讲义内容进行重新整合；最后，课件内容无须与讲义完全一致，可多留些空白让学生去思考。

编撰个性化的讲义课件，是教师对教学内容吸纳消化和重新整合的过程，目的是因材施教，达到良好的教学效果。以此为基础，在文学理论教学中，师生双方的主动性都能得以激发和培养，文学理论也可以变得鲜活起来。

三、推行研究性教学模式，培养学生的创造性思维

好的教学思路和讲义课件，最终依靠具有创新性的教学方法和教学模式加以落实和体现。长期以来，我国的文学理论教学一直以"教师讲、学生听"这一传统教学模式为主，重传授而忽视探究，重统一而忽视多样，无法激发学生的主动性。文学理论课程的教学过程不应只是单纯的对理论知识的传授，而是要指导学生如何去运用理论，比起知识的获得来说，学生思维能力和思想素养的提高更能体现文学理论教学的价值。文学理论不仅仅是一种知识体系，更是一种具有反思性、批判性的思维活动。因此，应该将文学理论课程定位为人文教育中的思维课程，强调其方法性和反思性，努力推行研究性教学模式。

研究性教学模式从根本上颠覆了传统的"教师讲、学生听"的教学模式，要求从学生的"学"出发，贯彻"将已有答案变成有待解决的问题，并在对问题的追问中形成方法和能力"的基本原则。这与文学理论课程所要求的反思能力和思想能力有着内在的一致性。

通过推行研究性教学模式，文学理论教学可培养学生"接着说"的能力。也就是说，学生应既能对前人的理论观点有清晰的把握和理解，又能尝试提出新的文学观点，或以新的方式重提某一观点；既能敏锐洞察文学理论的时代意义，又能揭示某一文学话语自身的矛盾与问题，最终在教学活动中实现对学生创造性思维品格的培养与提高。如"文学是什么"是文学理论课程教学要面对的基本问题，传统的教法是：在分析比较了前人的若干观点后得出唯一"正确"

的答案——"文学是一种审美意识形态",或"文学是语言艺术"。这一教法凸显的是灌输性的知识框架,不利于培养学生的创造性思维。在研究性教学模式中,由于教学目标不是获取唯一的标准答案,而是激发教师和学生的创造欲,因而整个教学过程就采取了相反的思路:"文学是什么"作为一个有待学生去解决的开放性问题被提出之后,教师要求学生在查找资料、积极思考、讨论分析的基础上形成自己的观点。当一些学生提出较为独特的看法时,教师应尽可能地给予支持,不以教师的权威随意压制和否定。这样,在讨论式、协商式的教学过程中,"文学是什么"这一问题就变成了"文学可以是什么",从而使学生获取知识的过程也成为思维能力和思维方式改变的过程。

以问题研究为中心的研究性教学,必然会打破传统以课堂为中心的教学模式,显现出时间和空间上的开放性,这就要求教师付出更多心血和时间。首先,教师不能照本宣科,而需将教学内容以问题和主题的方式不断调整和重新整合;其次,教师对学生的兴趣、个性要有深入的了解,在此基础上合理分组,进行个别指导;最后,除了课堂讨论和讲授的环节,在学生查找资料、撰写报告、答疑解惑等课堂教学之外的环节中,教师都要持续跟进,投入大量的时间和精力。值得注意的是,当教学拓展到课本内容之外的网络知识之后,教师和学生一样,要时刻面对新问题、新现象,这就对教师的教学能力和知识结构提出了挑战。教师要不断学习,在更新知识结构的同时,培养自身敏锐的思维能力,这种开放性也正是文学理论教学的活力所在。当师生的创造性思维都在不断刷新和跟进的互动氛围中得以激发和强化时,文学理论也就不再是空洞的概念,它变成了活跃的认知对象和实践工具,真正地鲜活起来。

四、以能力考查和过程性评价为主要评价方式

文学理论课程作为中国语言文学类专业学生的必修课,通常有闭卷考试的要求,而传统的考试试卷要求具备填空、选择、简答、论述等题型,以知识考查和记忆力考查为主。这样,学生有时只需在考试之前机械记忆知识要点就能

通过考试，很多学生在考试结束之后便将之置于脑后，对知识点毫无印象。对于文学理论这门课程而言，这种考试模式费力不讨好：教师忙于出题，学生忙于背诵，但学生的理论水平和运用理论的能力却无法通过考试显现出来。只有逐渐改变这种单纯的知识评价模式，重视对学生实际能力的考查，并从注重考试结果的终结性评价转化为注重教学过程的发展性评价体系，才能促使文学理论教学成为培养学生理论水平和文学鉴赏能力的鲜活源泉。

文学理论以能力考查为主要评价方式，因此，教师在出题时应增加评论性题目的分值，减少或者取消填空、名词解释等需要机械记忆的考题类型；教师在批改时则要重视学生的创意，淡化注重标准答案的批改思维。此外，教师还要注重教学过程中每个环节的评价作用，加大学生在课堂讨论发言、课后作业、读书汇报会、主题辩论会中的表现以及学生撰写批评文章的数量和质量等在总成绩中的比重。教师还可以充分利用新媒体，如在线上建立学习小组、在网站上注册问题讨论组等，积极介入当前的文学和文化实践，通过对点击率、跟帖率进行评比，考查学生的自主研究能力。

对文学理论教学的过程性评价，应改变以考试分数为唯一依据的评价模式，确立一系列更能激发学生创新能力的评价指标。就教师方面而言，需要评价的是文学理论的内容和教师的讲授是否能激起学生对文学理论的好奇心和学习的积极性；教师是否经常布置具有挑战性的作业，是否可以激发学生的创造灵感，能否让学生养成良好的思维习惯，能否培养学生的文学批评能力，等。就学生方面而言，需要评价的是学生在学习过程中是否敢于表达自己的理论见解，能否保持对文学理论的学习兴趣，等。这种过程性评价以发展性评价的目光来看待，不拘泥于学生一时的学习效果，而是纵向跟踪其学习过程，重点考查其成长过程和进步程度，相对而言更加公平、合理，更能激发学生的学习兴趣。

需要指出的是，就注重思想性的文学理论教学而言，过程性评价的可行性应建立在良好的沟通反省机制之上。也就是说，师生之间不但要形成良好的双向互动，而且特别要注重培养一种反思和自省意识。学生的课堂笔记、课堂录像、讨论录音，教师的课后反思笔记，以及师生在线上学习群的互动记录等，都可以成为深层的自我评价机制的构成部分。这种自我评价机制与外部的、固定的评价方式相比，更能促进双方的进步与发展。

　　当前，高校教学普遍存在理论课时过多、实践环节不够的问题。如果忽视了理论的作用，或将实践与理论截然分开，同样也是一种目光短浅的教育模式。理论既来源于实践，又将指导新的实践。因此，如何将理论课程与实践更紧密地结合起来，让理论在实践中变得鲜活有力，是高校必须重视的教学改革方向。文学理论课程应围绕这一方向和目标勇敢迈出教学改革的步伐，充分发挥这一课程在培养具备创造性思维与能力的专业人才中的重要作用。

第六章 文学理论教学改革

第一节 新媒体时代文学的发展

文学理论是中国语言文学类专业教学中的核心课程之一，它的教学活动既有理论逻辑体系，又有实践价值。因此，在文学理论的教学中，教师和学生要充分兼顾经典与时代、理论与实践、分析与运用之间的关系，让文学理论知识更扎实、更切合现实研究的需要。

在网络和新媒体时代，不仅是文学研究和文学理论遇到了发展的瓶颈，文学本身的存在意义和价值也被一些人质疑。在当前的语境中，文学的价值在哪里，学生如何创作文学作品，如何深入研究文学活动和文学现象，以及如何将专业性的学习融入实际的社会实践中，这些问题既是文学理论教学中要强调和解决的重点问题，又是新媒体时代人文社会发展的重要课题。

一、新媒体时代文学理论教学发展现状分析

新媒体是 21 世纪以来给各行各业都带来巨大变革的重要科技创新产物，作为传播的新形式、新渠道和新平台，它给社会文化、文学艺术的传播和教育带来了深刻的影响。

首先，新媒体的出现是电子信息化媒体对传统纸媒文化的一次巨大挑战。在电子信息化媒体中，图片、音频、动态视频与文字共同组成了传播内容，文

字在新媒体传播中的重要性被分化，人们对文字和文学的重视急剧减少。具体来说，广播、电视、电影、新媒体视听平台等多元化的传播形式进一步加快了广大受众群体的视觉转向，文字逐渐沦为新媒体传播时代的配角。从时间上来分析，很多人阅读书籍的时间远远少于看电视、电影和刷视频的时间，即使是阅读者逐渐倾向于碎片化的阅读方式和以网络文学为主的娱乐性阅读，其阅读时间也远远不及娱乐时间。在图片、音频、视频、碎片化阅读和娱乐化阅读的文化传播环境下，文学创作和文学理论研究正面临巨大的价值危机。

其次，文学理论的学术研究和课程教学内容的更新、完善较为缓慢，经典性的文学理论体系在时代的快速发展中逐渐暴露出新的不足，不能很好地融入文艺发展的现实需求之中。文学理论研究有着显著的历史性，有着较为深刻的传承脉络，在文学理论教学中，教师往往会针对经典作品的文学理论体系进行较为详细的解读，但是在这部分教学内容中却忽视了经典作品与时代的融合。在文学理论教学活动中，部分学生认为所学习的内容与自己所处的文化生活环境相距甚远，这种错误的认知会给学生的学习积极性和主动性带来不良影响。因此，文学理论的学术研究和课程教学设计必须紧密联系现实的文化生活，在新媒体语境中，就要充分考虑新媒体时代文学的形态和文学理论的研究趋势，从而让学生在历史性和时代性相对平衡的文学理论教学中，切实提高对文学和文学理论的认识和理解，有效提高自身的人文素养。

最后，新媒体时代给文学和文学理论教学带来的不仅是危机和挑战，而且有不可忽视的创新和发展机遇。一方面，新媒体的传播方式加速了语言文化的碰撞和融合，文学和文学理论的交流逐渐趋向于开放和多元，在国内外的学术研究和互动中，文学理论获得了更广阔的研究视野，给文学的创作和发展带来许多新的机遇；另一方面，文学理论教学课程设计可以在多元化的新媒体技术手段的运用下变得更加生动，从而可以转变学生对文学理论学习的畏惧心理，用丰富和有趣的新媒体展现方式激发学生学习的积极性和主动性，切实提高文学理论教学的效果。

二、新媒体时代文学理论教学课程改革的重点和难点

面对新媒体时代给文学理论教学带来的危机、挑战和机遇，文学理论教学课程改革和创新应当充分结合当下的语言文化发展背景，综合文学理论教学中的重点和难点，循序渐进地化解传统文学理论教学的困境，创新文学理论教学模式。具体来说，新媒体时代文学理论教学课程改革的重点和难点有以下三个方面：

（一）文学理论教学模式的多元化和丰富化

在新媒体时代，传统的以教师为中心的单向性教学模式已经不再符合新一代学生的认知习惯和学习方式。对新一代学生来说，他们正处于新媒体整合的多元语言文化环境之中，新媒体的语音、视频、音乐、碎片化信息和网络文学都对他们产生深刻的影响。因此，在文学理论教学过程中，教师应当转变教学模式，以学生为中心，探索文学理论和实践体系，总结与新媒体时代相符合的沟通方式，改变与学生的互动方式，引进创新的、多元的、丰富的教学手段和教学模式，让文学理论教学课堂变得更加亲切、生动，更能够吸引学生的关注。

（二）搭建文学理论教学的网络互动平台

在新媒体时代，文学理论的教学资源、教学活动、学术研究成果和文学创作活动需要在信息化和数字化的平台中得到充分交融，进而加快文学理论体系和实践体系的交流、完善和创新。在新媒体环境中，国内外的文学理论学术交流活动日益频繁和深入，中西方文化的碰撞和交流让文学理论获得了较大的发展，对此，高校的文学理论教学也应当积极汲取这部分成果，利用新媒体和互联网的优势，加速文学理论教学网络资源平台和信息互动平台的搭建，让文学理论教学改革和学术创新能够实现更紧密的联系，让学生能够通过文学理论的教学活动，充分感受到文学理论在现代文化语境中强大的生命力和社会研究价

值，进而提高学生学习文学理论的信心和兴趣，增强文学理论的学习效果。

（三）专业教学活动和就业选择的平衡与兼顾

传统的文学理论教学专业性较强，在文学理论批评的学术研究和文学创作上有着较强的针对性。随着高等教育的普及，专业的教学活动和教学目标还应当关注学生的就业选择，培养学生的就业能力，挖掘文学理论教学在提升学生人文素养和语言文化能力方面的重要性，让学生的语言应用能力和社会适应能力得到显著提高。

在新媒体语境下，教师和学生能够更多地接触社会文化的发展现状和社会就业的最新情况，文学理论的教学不可能脱离社会需求而进行，对学生来说，最重要的应是在文学理论教学活动中对于知识的收获和能力的提高。这些现实问题不应该被忽略，反而应该在教学活动中得到充分的重视，只有这样，才能更好地把文学理论教学与学生的学习需求相结合，提高学生对文学理论教学的认可度和参与度。

三、新媒体时代文学理论教学的创新发展路径

落实到具体的文学理论教学活动中，新媒体给教师带来的启发更多地反映在教学模式、教学手段和教学内容的创新上。

就教学模式的创新来说，新媒体时代是一个受众价值被凸显的时代，也就是说，在文学理论教学环节，学生的学习需求、学习习惯、学习状态、学习体验和学习效果是教师在进行课程设计时必须充分考虑的内容。从当前的整体趋势来看，文学理论教学正朝着多边互动的教学模式转变。一方面，教师开始重视以学生为主体的教学模式，与学生之间形成更紧密的交流互动关系，教师根据学生的反馈来调整教学的流程设计，以满足学生的需求，让文学理论教学能

够真正地被学生理解、接受、消化、整合和应用；另一方面，学生也要通过新媒体的开放渠道，与社会文化的发展需求形成多层次的互动。

就教学手段的创新来说，新媒体是信息科技发展的产物，它的技术创新性反映在相关的信息化媒体设备和工具中，文学理论教学活动可以灵活引入这些新媒体设备，让语音、视频、文字能够通过新媒体设备同时呈现在课堂上，让经典的文学理论体系能够以一种生动的形式被学生认识和理解。新媒体设备在表现力和吸引力上有着传统教学手段所缺乏的优势，对此，在教学中引入多媒体设备和新媒体的传播互动方式，有助于提高教学的趣味性和亲切感，能鼓励学生积极地参与教学活动，让文学理论教学焕发出新的生机。

就教学内容的创新来说，新媒体的传播内容趋向于精练有趣、生动活泼，教师应当顺应新媒体传播的变革，对文学理论的教学内容进行整合和创新，帮助学生将经典的文学理论以更符合时代传播的方式呈现出来。这样，一方面，可以提高学生理解传统文学理论知识的效率；另一方面，能够推动经典文学理论在新媒体时代的传播，让受众能够重新审视文学和文学理论在当代的价值。

新媒体的应用和传播是文学发展中的一个重要事件，对文学理论教学来说，新媒体带来的是教学理念、教学模式、教学手段和教学内容的全面革新。新媒体丰富了文学理论教学资源，让学术研究的成果能够更快地应用到课程教学和社会实践之中。同时，文学理论教学也需要突破传统的束缚，以更加亲切、活泼、有趣的形式，重新融入专业课程教学中。

第二节 当代文学理论教学改革

一、文学理论教学的双向拓展

童庆炳先生在《面向未来的思考——文艺学教学改革与教材建设二人谈》一文中说:"双向拓展是指向宏观和微观两方面拓展。"向宏观方面拓展,就是让学生始终关注学术前沿,关注当前正在兴起的文化研究思潮;向微观方面拓展,就是强调文本分析,让学生拥有分析作品的能力。也就是说,在教学内容上,一方面,向宏观的跨学科的文化研究拓展;另一方面,向微观的具体文本分析拓展。这两方面相互交叉、渗透,有助于全面揭示文学现象的丰富内涵与深层奥秘。

这种做法不是把文学看作纯审美的东西,而是认为它依存于社会、历史与文化之中,因此可以透过作品的形式看到作品的文化意义,通过文化的视野来讨论文学问题。除此之外,这种做法还特别重视对文学作品的解析,展示对文学作品的分析和实践。

二、大学文学理论教学的改革案例

某高校的文学理论教学改革案例可以为相关工作者提供一些借鉴。

按照该高校的设想,改革的第一步是把文学理论课程一分为二,从原来的一门课程变为两门课程,即文学批评案例教学与文学理论基本问题。同时调整开课时间,一般高校都是在一年级开设文学理论课程,但由于一年级学生的理论思维能力还很薄弱,所以在一年级开设文学理论这门较枯燥的课程,本身就不太合理。加上现有的文学理论教科书又充满了关于"文学与现实的关系""文学创作的规律""文学的发展规律"等较为抽象的理论，学生要真正消化这些知识相当困难，因此高校首先在一年级开设文学批评的理论与实践课程。这是一门类似于文学批评案例教学的课程，主要是通过对具体的文学作品的分析，把中国与西方文学批评中的几种主要的批评方法教授给学生。一般情况下，是通过一部作品讲解一种方法的，当然也可以针对同一部作品，运用不同方法加以分析，以体现其差异性。与一般的文学史或文学鉴赏课程不同的是，该课程的目的是通过剖析一部作品来传授一种方法，重点是方法的传授，从而让学生可以学到解读作品的途径。

改革的第二步是，到三年级时开设理论色彩较浓的文学理论基本课程，因为这时学生已经有了比较多的感性积累与理论训练基础。这时的课程设置可以在阅读中国与西方大量具体的文学理论知识的基础上，提炼出几个文学理论的基本问题，然后分别介绍中国与西方文学理论中关于这个问题的具有代表性的观点，以突出文学理论的民族性与历史性。在课程设置上，不预先设定文学的"本质"，也不规定统一的、标准化的"创作过程""文体特征"以及欣赏文学作品的方式，而是把历史上各种关于"文学"的比较典型的理论客观地介绍给学生，给学生提供思考和选择的空间。

第三节 实践视域下文学理论的多元化

研究文学理论的话语方式具有重要意义，在当代中国，西方各种文学理论蜂拥而至，挤压了我们的理论空间。这种状况决定了我们必须注重中国化的文学理论建设。在中国化的文学理论建设过程中，深入探讨文学理论的话语方式是一项基础工作，也是一项关乎文学本质、特征及基本规律的工作。对文学理论话语方式进行深入探讨，从而对文学理论话语的构成规律及其文化意义形成较为完整的认识，对建构中国当代文学理论具有启示意义，对当代学术语言的规范化和科学化也有促进作用。

一、文学理论独特的话语方式

在当今时代，一方面，文学理论的自觉性正在展露；另一方面，存在众多的理论空洞和许多缺少内质的言说，使得人们对文学理论的理解变得更为艰难。对于文学理论的建设来说，这个时代提出了挑战，也提供了机遇。一方面，西方各种文学理论蜂拥而至，它们以不同的理论方式，开拓出特点鲜明的理论领地，为我国的理论话语提供了某种资源和参照，同时也挤压了我们的理论空间；另一方面，经历了百余年，中国现当代文学理论正以顽强的姿态继续建构切合中国文学和文化实际的文学理论，这一时代背景决定了我国的文学理论必须意识到拥有自己的话语方式的重要性，也决定了人们在为此付诸行动之时，必须重新审视文学理论话语建构中的双重价值，处理好文学理论内部固有的矛盾和悖论，使文学理论话语建构更好地体现文学理论的发展规律。

所谓文学理论话语的双重价值追求，是指文学理论话语不但要切合它的研究对象，更要切合文学理论的理论本体，使自身在获得文学意义的同时，也能获得理论价值，形成双重话语属性。只有具备了这两重属性的文学理论话语，才可能成为更为纯正的文学理论话语，会拥有更大的阐释功能和阐释活力。正如海登·怀特所说的："总之，话语从本质上说是一种调节。既如此，话语既是阐释的，又是前阐释的，它总是既关注阐释本身的性质，也同样关注题材，这也显然是它详尽阐述自身的机会。"

二、文学理论话语方式的历史与现实状态

在考察文学理论史时我们会发现，文学理论话语方式对研究对象的顺从使自身逐渐失去了自持能力。在经验主义盛行的现实世界里，由于文学理论产生于文学实践之后，是文学对人类理性诉求的结果，因此人们很容易自然地将它理解为文学的理论，其基本功能被定位在概括、总结文学规律和阐释文学现象上。人们总是要求文学理论致力于为那个直观而宏大的文学世界提供说法，而常常忽视了它自身的构成方式及价值。

即使在西方，这也是一个普遍存在的现象。正如西摩·查特曼所说的："文学理论是对文学的本质的研究，它不会为了自身而关注对任何特定的文学作品进行的评价或描述，文学理论不是文学评论，而是对批评之规定的研究，是对文学对象和各部分之本质的研究。"他还指出，韦勒克和沃伦在《文学理论》中也将文学理论视为一种工具，照按一般理解，工具的意义当然不在它自身，而更多的是在它的对象上。

在这种观念的支配下，人们确定一种文学理论的价值，更多的是看它提出并解决了什么文学问题，这些问题怎样彰显了文学的思想与艺术价值，并对我们的文化和生活产生了何种影响，而很少看它的理论结构和言说方式有什么独立意义。造成这种现象的原因很明显，作为文学研究的表达，话语方式的工具意义越充分，便越能产生价值，在文学理论被认为是一种重要的文化创造手段之前，它本身的重要性往往被忽视。

文学理论话语方式的这种历史和现实状况具有一些负面效应，这可以从文学理论话语主体的行为中找到答案。从表面上看，文学理论的不自觉状态好像给理论言说者施加了压力，使他必须始终立足于文学范畴来构建其话语体系，进而获得理论的合法性。但实际上，失去了对理论的自觉与约束，言说主体只要扣紧文学，满足了对象世界的基本要求，马上就会获得言说的自由或者言说的任意性。

正如某些学者所说的，理论是有关某一特定客体的一系列系统性的概述，因此理论当然不是对客体的具体性和个别性的逐一表述，它以抽象的方式远离感性世界的纷繁复杂，从而使自身保持理性，它依靠观念的、逻辑的力量进入现象内部，捕捉事物的普遍性与同一性。解决这个问题可以通过强调和凸显文学理论话语的理论品质来寻求突破，在理论的约束下，文学理论话语的随意性可以得到修正。

三、文学理论话语方式的内质

理论是人类实践的指导，相对于实践而言，它具有通向真理大门的能力。哈贝马斯分析说，在古代，"理论生活方式居于古代生活方式之首，高于政治家、教育家和医生的实践生活方式。理论要求放弃自然的世界观，并希望与超验事物建立起联系"。从哈贝马斯的分析中可以看出，理论的作用非常大，它构成了有别于经验世界的知识谱系。理论将观念的力量通过逻辑作用放大，形成了观念的"逻辑先在性"，从而有效地抵抗了观念的"时间先在性"。有的学者已经注意到，时间先在性是经验问题，逻辑先在性是理论问题。就时间先在性来说，先有实践，后有对于实践的总结。换言之，没有实践活动，就没有理论的产生；就逻辑先在性来说，理论是指导实践的，先有观念，后有对事物的创造。

如果这种理解具有合理性，那么文学理论话语就不仅仅满足于对文学世界的阐述。在文学理论话语方式中必然萌生新质，如何把握这些新质，是文学理论话语方式研究中最有意义、最有价值的部分。

首先，语言并不仅仅是一种工具，文学理论话语也并不仅仅是言说文学规律的工具。长期以来，人们对文学理论话语的困惑，在很大程度上来自语言工具论的负面影响。的确，如果语言仅仅帮助我们言说了对象，表达了思想，促进了沟通，那么语言永远处于被动地位，并不能显示出主体存在的巨大意义。而事实上，在很大程度上正是语言的存在才使人类得以独立。换言之，话语使言说者成为主体、具有主体的能动性。因此，我们如果仍然坚持将话语作为工具来使用，对它难以理解、无法把握是必然的，因为这种话语方式作为工具，具有先天的不足。

其次，文学理论话语是一种阐释性的话语，更是一种创造性的话语，文学理论话语的阐释性来自文学理论的科学本性，是文学理论作为一门知识和学问的集中体现。运用这些知识的目的，在于构成更多的知识，使知识链条形成更为紧密的结构。韦勒克和沃伦也持这种看法，他们在《文学理论》中说："我们必须首先区别文学和文学研究。这是截然不同的两种事情：文学是创造性的，是一种艺术；而文学研究，如果称为科学不太确切的话，也应该说是一门知识或学问。"文学理论话语的创造性当然与艺术的创造性不同，这种创造性集中体现为，文学理论话语可以提供新的思想方式，并通过它将人们导向一些新领域，获得一些新范畴，从而形成一些可以指导实践活动的新思想，它很可能从根本上改变人们曾经形成的思维模式，在理性层面上形成新的创见。关于这一点，乔纳森·卡勒认为："被称为理论的作品的影响超出它们自己原来的领域。"乔纳森·卡勒还通过分析德里达和福柯的理论，得出结论："关于理论的两个例子都说明理论包括话语实践：对欲望、语言等的解释，这些解释对已经被接受的思想提出挑战，它们就是这样激励你重新思考你用以研究文学的那些范畴。"在这种理论化的方式中，文学理论话语可以对文学本体进行创造，它从观念上解决了"文学是什么"，从而也使文学理论具有了创造性。文学理论因此可以在某种意义上离开科学主义的范围，获得鲜明的人文主义色彩。

最后，文学理论话语既有理论的广泛性，又具有话语的具体性。一方面，文学理论话语切合了对象世界，具有文学的特性；另一方面文学理论话语又实现了理论的升华，使文学理论获得了理性的品质。需要指出的是，这种融合不是观念的预设，而是理论话语方式的实践，它在文学理论话语的创造中有规律地被呈现出来，所展示的是一种不可抗拒的话语自主性。正如海登·怀特所说的："当我们试图解释人性、文化、社会和历史等有问题的话题时，我们从来不能准确地说出我们希望说的话，也不能准确表达我们的意思。我们的话语，总是有从我们的数据溜向意识结构的倾向,我们正是用这些意识结构来捕捉数据的。"

由此可见,主体在话语活动中获得了主体性,而一个在话语存在中形成主体的文学理论家作为主体,是一个内在的主体,他的行为既是个体的,又是社会的。他在理论表述的具体形态中,将历史和文化意义自觉地融会在自然的、个性的言说内部,为这些言说增添厚度,并赋予它们特别的品质和内蕴。

总之,对文学理论理解的复杂性,使文学理论的话语方式变得更复杂。其中,最基本的矛盾是文学理论只有成为一种文学理论的话语,才能为人们所理解、所接受,但一旦成为这种话语,它必然就会远离其他话语以及这种话语后面庞大的社会群体,形成更为明显的文化区隔。

四、与教学紧密相连的文学理论

在文学和文学理论研究逐步离开统一的言说方式转向追寻多样化的"后理论时代",探讨文学理论教材的建设具有一定的意义,因为理论有自己的自律与自洽原则,也必有自己的基本形态,文学理论也不例外。文学理论作为一个公认的长久存在的学科,它的边界虽然在发生变化,但不可能没有一个确定的学科内涵与形态。

在当代中国,由于种种原因,文学理论已经植根于高校课堂,它在这里获得知识增长基础,形成理论再生产机制。在某种程度上甚至可以说,文学理论几乎已经成为一门存在于高校课堂上的学科,在社会文化场景之中,它虽然频频亮相,却作为一种具体的言说方式,与理论本身的意义相去甚远。

因此,无论是在中国,还是在西方,无论是在"理论时代",还是在"后理论时代",人们对文学理论的理解往往与教学相联系,很多体系化的文学理论著作的产生往往以教材的编写为动因。有的文学理论著作最终可能会成为一本教材,"从现代学科意义上讲,文学理论教科书的编写已经有近百年的历史,近百年来,人们编写了不下250部文学理论教材",这应该只是一个保守的估计，这些文学理论教材成为文学理论生产的见证，展现出学科建设的丰富性。因此，探讨文学理论教材的建设，实际上是完善文学理论学科体系的一种有效方式。为学科而生产教材，用教材来彰显学科的知识领地，这是一个由来已久的学术事实，已经成为一种惯例。但是植根于高校教学中的文学理论，在看似合理的存在方式中，其实存在着诸多不合理因素，其中最为明显的是教材过多地服从于学科，因而教材不能充分顾及教学对象的需求和接受能力，甚至不能充分顾及不断发展的文学现实状态，体现出学科的保守与封闭。作为一门学科的文学理论，往往服从于某种先在的或预设的文学理论观念及理论框架，因此无论谁来写作、在何地写作，其状态总是大致相似的。

在文学理论领域，几乎每年都会有新的教材产生。在进行这种重复的教材编写时，大家已经服从了一个形而上的观念或者结构。乔治·迪基说："这种形而上学的结构是理性的：它所拥有的形式可能是被某个理性安排者给予的，尽管在这个系统内并没有设想任何安排者，形式的结构被理解为在每个内涵中都内在地具有种属联系。"

在很长一段时间里，人们认为这种方式合乎文学理论的生产规律，而将其广泛运用于文学理论的生产。沃尔夫冈·伊瑟尔在《怎样做理论》中概括道："每一种文学理论都把艺术转变成认知，而这需要搭建一个基本框架，它从一个假定的前提出发，在其之上建立了一些结构，服务于特定的功能，该功能的实践通过特定运行来组织。"

从学习者的角度看，文学理论似乎在不断膨胀，有时甚至变得混杂而繁复，失去了理论应有的简约和清晰。这是文学理论体制化的一个结果，它以学科的增值为表象，实际上发生的却是学科理论形态的僵化，这种情况不仅在中国存在，在西方也普遍存在。关于这一点，美国理论家杰拉尔德·格拉夫说："在文学研究被集中于大学的那整整一个世纪里，这一停滞的过程变得如此漫长，以致今天的有些研究者把它看成官僚政治式的制度化所造成的不可避免的结果，这一诊断似乎常有过分浓厚的宿命论色彩，但它强调了一个在思考文学理论的未来时需要涉及的问题：一方面，停滞的循环说明了对理论的呼唤为何经久不息的原因；另一方面，由于每一种新的理论反应都已被制度化，因而连自身也保不住，也被卷进那停滞的循环之中，如是又导致新的理论思考的爆发，到头来它又被吸收同化，被惯例化。"

五、学科特性与教学实践的矛盾

在文学理论领域，需要一种将学科建设与教材建设分开的观念，尽管落实到行动上可能十分困难。文学理论具有特定的学科定位和知识体系，需要运用特定的理论方法和逻辑思维进行探究。某些决定着这个学科存在的根本问题，如什么是文学、什么是文学理论等，需要不断对之进行深入解析与定义。因此，文学理论才得以在逻辑上不断扩展。换言之，作为一门学科的文学理论总是存在着自我拓展的空间，其理论活力也由此产生。

对于文学理论的学习者而言，一般的理解是，应该由完整的学科理论知识对学习者提出要求，而不是与此相反。因为学习者要学习的是一门已存在的学科，因此越是将学科知识完整地交给接受者，理论主体的成就感就越强烈。这种观念正是推动文学理论学科知识与文学理论教材不断结合的强大力量。

然而，从人才培养的实际出发，有时学科的根本性问题以及一些专业化的研究思路与方法，事实上并不是各类学习者一致需要或者必须掌握的。例如"什么是文学"这类型问题，如果连从事文学理论研究的学者都觉得这是一个难有定论的问题，需要通过专门的研究来完善，那么要在教材中写清楚并要求初学文学理论的大学一年级学生对此加以理解和掌握，其难度较大，结果往往事倍功半。学科、专业本位的学习模式压缩了学生自主学习的选择空间，大幅度削弱了学生的学习主动性。在教学实践中，它带来的直接影响是加大了学科对教材的制约，以文学理论为例，即使在大学本科中国语言文学类专业的学习中，学生也必须学习学科化的文学理论，为这种学习而编写的教材，成为大学文学理论教学的主要组成部分。这些教材往往从探讨文学是什么入手，延及文学的功用与价值、文学乃至文艺学的边界、文学的发展前景等充满变化与论争的领域，其中文学的基本知识与文学理论知识很少得到有效区分。

总之，文学理论及其丰富的知识体系、观念和方法等已经进入了教学领域，完成了学科知识体系的自我建构。在这些积极成效之外，文学理论教材与教学对象之间不可避免地发生了更大程度的分离，虽然这一弊端在今天已经被越来越多的人所认识，但关于这种现象的变革却来得十分缓慢。

分离的直接后果是，人们认为文学理论空泛且脱离实际。在大学本科阶段，提及文学理论，学生常有敬畏之心。作为一门重要的中国语言文学专业的基础课程，文学理论本来应该具有鲜活的理论生命力，它的抽象思维所构成的理论特质应该具有启发心智的作用，但在实际教学中却难以得到展示。

分离的另一个后果是，从文学理论学科发展的角度来说，由于文学理论与教学过程紧密相连，教学化的理论状态反过来也会对学科发展产生制约。"在大学人文学科的集团动态中，似乎有这样的情形：一旦方法上的改革以一批互无关联的领域、大纲和课程的形式制度化了之后，不仅最初引起这场改革的那个理论被人遗忘，最后连这场改革曾有理论卷入这一事实也被人抛至脑后。"可见，教学对学科建构产生的负面影响，与它所起的积极作用一样明显。

事实上，作为学科的文学理论有赖于深入研究来维系其生长活力，它通过增强文化现场的话语权来证明其价值，这项工作只能由专门的研究者来完成，就像拉曼·赛尔登所说的："（文学）理论似乎是一个相当深奥的专门领域，只有文学系的少数人关注它，而这些人其实是哲学家，不过冒充文学批评家罢了。"而作为教材的文学理论需要通过教学过程来展示其理论活力，它通过提高接受者的文学理论能力来实现其价值。在这里，作为学科的抽象的文学理论进入教材，应按照不同接受群体的需求和特点重新进行编排、整合，而不是保持着原有的学科知识体系。文学理论教材的内容不是越深奥越好、越全面越好。作为教材的文学理论，既受文学理论学科的制约，又必须形成有利于学习者接受的特点，双向的制约使它只能是有选择的文学理论，适合于人才培养的文学理论。因而，学习者的知识需求和能力应该在文学理论教材的编写中发挥更大的支配作用。

六、学科知识、方法与思维

作为学科的文学理论，其学科特质体现在三个层面，那就是知识、方法和思维，三者互相呼应，形成一个有机整体。在文学理论教材的编写中，应根据人才培养的需要，有侧重地对这三个层面加以选择和突出。

所谓知识，也就是常识化的理论，是可以通过学习解决的问题，或者就是已经被解决了并且已达成共识的问题。文学理论的知识体系，主要是相对于整个文学世界而建构起来的，是关于文学的系统化的理性认识。文学常识不包括那些难以确定的、有待进一步研究的根本问题，如"文学是什么"、文学的基本价值等。在今天的文学理论领域，诸如文学创作的一般过程和基本方法、文学文本的基本结构和特点、文学体裁及分类、文学语言及其技巧、文学形象的优劣、文学的风格特色，以及文学鉴赏和批评的一般过程及方法等，都已经归为文学的基本知识。在运用这些知识的时候，虽然离不开相应的文学理论方法与思维，但总体上看，它们更倾向于一种技能，一般人通过学习和训练，可以有效地掌握它们，从而提高对文学的理解能力。

文学理论方法是基于对文学理论整体的认识所形成的，用来研究文学问题的方法。它超越了文学理论常识，对于文学和文学理论的基本问题有较为深入的探究，可以使得文学理论的学科知识不断增值与扩容。因此，掌握文学理论方法的人应具有对文学理论本身的自觉，他们要追问的不仅是"文学是什么"这类文学本体问题，更重要的是"文学理论是什么"这类文学理论本体问题。在这个意义上，可以肯定地说，文学理论的方法中包含了深刻的理论特质，它甚至就是文学理论的理论表达方式，是使人们透过文学理论的基本形态，抵达文学理论内质的主要方法。如果仅在一般意义上理解文学理论方法，而不涉及文学理论本身，那么所谓的方法，实际上就是被抽空了的文学理论。理解和掌握这种方法，是从事文学理论研究的专门人才必须具备的观念和能力。

众所周知，文学理论思维是一种逻辑化的抽象思维，但在这里指的是这种逻辑思维在文学理论思想、观念和学派建构中的具体方式，譬如探究"什么是文学"，也许永远不会得到定论，但却可能随时产生某种合乎逻辑的、能自圆其说的定论。这些流派使普泛的理论思维抵达了具体的理论场域，创造出一套新的理论话语。这些理论学派的价值不在于彻底取代此前的其他理论学派，而在于寻求与之不同的文学阐释角度和阐释方式，因此它们的出现丰富了文学理论的整体格局，为人们进入文学世界提供一些新路径，使人们得以在相同的文学现象中看到多种文学景致。在文学理论思维层面，所要探究的是有关这些流派的产生与发展的规律，以及这些流派走向终结的原因等。这些问题包含了深刻的理论意义，以及在历史和时代背景下的文化价值。只有在这个思维层面上，我们才能洞悉文学理论的更多奥秘，形成全景式的开阔视域，才能达到真正的理论高度，获得理论创新的可能。

应该说，作为一种成熟的文学理论，上述三个层面紧密结合在一起，构成文学理论学科的整体格局，具有话语力量的文学理论也只有在这三个层面的有机结合中，才能形成。但是，如果离开文学理论的学科本位，从教材角度思考文学理论的建设问题，可以肯定，这三个层面必须分开考虑。因为接受者的基本状态才是教材和教学必须考虑的重要因素，否则就会违背循序渐进的教学规律，理论传承的链条将出现混乱或断裂。遵循这个思路，根据人才培养的主要层次，我们可以得出文学理论教材编写准则的基本结论，即为中国语言文学专业本科学生编写的教材应以知识型文学理论为主，为文艺学硕士研究生编写的教材应以方法型文学理论为主，为文艺学博士研究生编写的教材应以思维型文学理论为主。

针对文艺学硕士研究生和博士研究生编写的文学理论教材，则必须进一步提升教材的质量和档次。硕士研究生应侧重训练文学理论的相关研究方法，要达到这个目的，必须使学生对文学理论本身有深入的了解和理解，使其掌握文学理论的基本知识，达到自觉运用理论解决问题的状态，在观念自觉的基础上方能知悉方法，明确思路。为此，对待文艺学硕士研究生，应该重视基于厘清文学理论基本形态的文学理论教材的编写。

目前，一些高校在针对文艺学专业硕士的教学中，在文学理论运用方面存在薄弱环节。与此同时，针对文艺学博士研究生的教材应侧重于思维训练，这是通向理论创新的台阶。在西方文学理论中，诸如伊格尔顿的《二十世纪西方文学理论》、乔纳森·卡勒的《文学理论入门》、韦勒克和沃伦的《文学理论》等著作，对该类教材的编写具有启示意义。具有中国特色的文学理论的产生，有赖于更多体现上述思维特点的教材和教学的熏陶。我们相信，出自中国学者之手，并充分突出文学理论思维特征的高层次文学理论教材的产生，将培养出一批高层次的文学理论人才，同时它也将成为中国当代文学理论建设成就的有力证明。

七、学科定位与学科特点

（一）学科定位

研究文学及其规律的学科，在总体上，人们将之称为"文学学"，中国人习惯将之称为"文艺学"。其实，文艺学本是一个内涵更为丰富、外延更为宽广的概念，用它来代称"文学学"是大词小用，并不仅仅是使用习惯导致的，其中包含着特殊的当代文化原因。如果对这些原因进行分析，可以发现中国现当代"文学学"建设中的许多不合理、不科学的因素。在这里要强调的是，我们在观念上应将"文艺学"的概念理解为狭义的文艺学。

文艺学包括三大分支，分别为文学理论、文学发展史和文学批评，虽然文艺学的三大分支都是以古今中外一切文学活动、文学现象为研究对象，但三者研究的具体视角、具体方式和目的任务等方面各不相同。文学发展史是从历史的视角，按历史顺序，选择某一特定时空的文学现象，并将其作为研究对象，力图完整、扼要地总结和展示某一国家、民族、地区的文学状况，揭示文学继承和发展的基本规律。文学批评的研究对象主要是具体作家、作品、文学思潮、文学运动等，通过对以作品为中心的文学现象进行分析评价，总结其中的成败和得失，从而启示作家进行更成功的文学创作，引导读者正确理解文学作品。从某种意义上看，文学批评和文学发展史都需要对文学现象进行具体研究，都要分析个别的文学现象，两者在分析考察的深入程度和分析研究的侧重点方面会有所不同。

一般来说，文学发展史的概念相对宏观一些，而文学批评则更为微观细致。文学理论也要面对具体、感性的文学实践，但是作为理论，文学理论是对文学实践经验的总结和概括，要从具体、感性的文学实践中发现具有普遍性的要素，并在一定的哲学、美学思想的指导下，经过高度的理论概括，形成一整套的理论体系，以此来揭示文学活动的本质和规律。相对文学发展史和文学批评来说，文学理论是抽象的，它离开了文学现象，用概念、术语、原理等建立起了一种系统化的、关于文学的理论知识体系和分析方法。

文学学学科内部的三大分支虽然有各自不同的研究方法、任务和功能，但是三者始终保持着密切的关系。文学理论指导和制约着文学批评和文学史的研究，文学理论本身又必须建立在对具体的作家、作品和文学现象研究的基础上。也就是说，文学理论的建立离不开文学发展史和文学批评，三者是相互依存、相互促进的关系。

对此，韦勒克在《批评的诸种概念》一书中说："它们之间的关系是如此密切，以至于很难想象没有文学批评和文学史怎能有文学理论；没有文学理论和文学史又怎能有文学批评；而没有文学理论和文学批评又怎能有文学史。"这种关系具体体现出来，也就是"一个批评家的文学观点，他是艺术家和艺术品优劣的划分和判断，需要得到其理论的支持和确认，并依靠真理论才能得到发扬；而理论则来自艺术品，它需要得到作品的支持，靠作品得到证实和具体化，这样才能令人信服"。文学理论的价值和作用，正是通过它又一次回到文学实践层面上，才得以充分展现的。

总之，文学理论为文学史研究和文学批评提供了理论指导和理论基础；文学史研究文学的发展历史，文学批评主要评论当前的文学活动。它们从文学实践中总结经验，丰富和发展文学基本原理，使之免于停滞和僵化，成为不断发展、变化着的知识体系。

通过以上分析可以得出，文学理论与文学学内部的其他两大分支之间存在着密切联系。就文学理论本身而言，它又有自身的基本结构，由于文学理论是在古今中外对文学由浅入深、由简单到复杂的认识基础上逐步形成、发展并得以完善的，因而在高校中国语言文学专业的学科体系中，文学理论一般又被拆分为以下课程：中国古代文学理论、西方文学理论、马克思主义文学理论和文学概论等。其中，文学概论是最基本的文学理论，是以人类社会一切文学现象为研究对象，汲取古今中外文学理论的精华，用马克思辩证唯物主义和历史唯物主义方法，从普遍意义上全面、系统地阐明文学的性质、特征和基本规律的一门基础理论学科。文学概论又可称为"文学的基本原理"或者"文学理论基础"，它代表着文学理论最基本的状态，它的体系和框架是文学理论作为一门学科的最典型的证明，在某些特殊时期，它甚至会成为文学理论的代名词。由此可见，在文学理论的理论建构中，文学概论的重要性不言而喻。

（二）学科特点

1. 抽象的思维特性

理论是对研究对象系统化的理性认识，理论的建立过程其实就是对现象的抽象过程。文学理论是对文学实践的理论概括，是对隐藏在纷繁芜杂的文学现象中的文学规律的总结，思维的抽象性因此必然成为文学理论最重要的学科特点。也就是说，文学理论展示给我们的所有概念、命题、原理都是在对众多文学作品和文学现象进行分析概括之后抽象出来的，是逻辑思辨的结果，它不得不抛弃大量感性的东西，远离具体的文学现象，即使所举的例子也是高度概括化的。

文学理论的抽象思维特性使其能够超越对文学现象的具体化的批评、阐释，能够从较高的层面归纳、总结文学活动的本质规律。但文学理论本身的抽象性不应该成为疏远自身研究对象的借口，既然文学理论是对文学活动系统化的理性认识，它只能来自对文学活动的感性认识，是在对文学现象进行感性认识的基础上，经过理论主体的思索，将丰富的感性材料进行去粗取精、去伪存真、由此及彼、由表及里的加工处理后的结果。对文学的感性认识应该作为文学理论抽象思维的基础。

2.有机的话语体系

每一门理论学科的形成都有其历史发展过程，这个过程一般会使其成长为一个由各个组成部分有机结合、联系紧密的学科体系。所谓"有机性"，是指该学科及其研究对象与其赖以生存的社会现实、历史文化保持着深刻、合理的必然联系，并能随对象及时代的变化进行自我调整。

与此同时，文学理论本身还具有严密的逻辑性和整体性，它一般不会随意地生硬套用其他理论中的某些部分。可以说，文学理论话语体系的有机性、逻辑性正是其作为一门理论学科具有生命力的体现。文学理论话语的有机性是由其研究对象的有机性促成的。文学是什么、文学写什么、文学怎么写、文学有何用等问题，都是文学理论必须研究、必须给予解答的基本问题，对这些问题的回答就形成了文学理论中各部分之间的关联，可以使文学理论本身成为一个逻辑性极强的话语体系。

3.活泼的实践品格

一切理论都是对人类实践经验的概括和总结，文学理论作为人们对于文学的性质、特征及其规律的系统认识，也是在文学实践的基础上产生的。可以这么说，如果没有文学实践，就没有文学理论，文学理论的产生和发展肯定需要文学实践为它提供鲜活的材料与直接动力。

文学理论的实践性表现在两个方面：一是诞生时的实践性。理论不是凭空产生的，不是理论家空想、杜撰出来的，文学理论是对大量具体的文学作品的归纳总结。先有文学活动的实践，然后才有理论家对于文学理论的概括。二是检验时的实践性。"实践是检验真理的唯一标准",真正科学的文学理论必须经得起文学实践的验证,被文学实践否定的文学理论没有任何理论价值。文学理论的价值只有在实际运用中,才能被更好地显现出来,文学理论必须不断地在文学现场中发出声音,使一个时代的文学姿态得以显现。由于依凭了实践的力量,文学理论总是随着文学的发展而发展的,永远处在变化更新的过程中,体现出活泼的实践品格。

参 考 文 献

[1]宋雪燕. 跨文化视角下的高中外国文学作品教学研究[D]. 金华：浙江师范大学，2023.

[2]齐琦琪. 部编版初中语文教材中传记文学作品的教学研究[D]. 汉中：陕西理工大学，2023.

[3]徐雪薇. 接受美学视阈下高中现代诗阅读教学研究[D]. 沈阳：沈阳师范大学，2023.

[4]许晶晶，范菲菲. 新文科视域下"西方文学理论"课程思政教学研究初探[J]. 大学，2023（10）：60-63.

[5]孔莉. 文学理论课程线上线下混合式教学模式探析[J]. 济宁学院学报，2022，43（5）：86-90，103.

[6]胡微. 人文素养提升视野下的文学教学策略新探——评《文学理论与英美文学教学研究》[J]. 语文建设，2022（12）：85.

[7]叶静. 叙事学视域下的高中语文戏剧教学研究[D]. 沈阳：辽宁师范大学，2022.

[8]李懿涵. 文学批评视角下高中整本书阅读课程开发研究[D]. 徐州：江苏师范大学，2021.

[9]黄志程. 高校中国古代文学理论教学和实践教学深度融合研究[J]. 赤峰学院学报（汉文哲学社会科学版），2020，41（9）：100-104.

[10]潘国好. 《文学理论教程》知识点的设置与教学对策[J]. 淮北师范大学学报（哲学社会科学版），2020，41（2）：100-103.

[11]马东峰，河红联. 翻转课堂视域下文学理论教学改革途径研究[J]. 延边

教育学院学报，2020，34（2）：117-120.

[12]王博，陈倩倩."互联网+"时代文学理论课程线上线下混合式教学探究[J]. 兰州教育学院学报，2020，36（1）：63-66.

[13]马春明. 全球化视野下高校文学理论教学研究——评《文学理论教程》[J]. 高教探索，2019（10）：133.

[14]石群山. 高师文学理论教学与中小学语文有效对接探析[J]. 高教论坛，2019（5）：64-66，69.

[15]刘玉峰. 新媒体时代文学理论教学研究——评《文学理论教程》[J]. 新闻爱好者，2018（10）：99-100.

[16]宋文慧. 全球化视野下高校西方文学理论教学研究——评《西方文论史教程》[J]. 高教探索，2018（2）：129.

[17]何轩，王辉，权晓燕.《文学理论》信息化教学的问题背景、形态与展望[J]. 文学教育（下），2017（8）：102-104.

[18]程明社. 论《文学理论》教学内容的重构与教学方法的优化[J]. 榆林学院学报，2017，27（4）：61-63.

[19]陈晓丹. 地方院校转型背景下文学理论课程的教学改革研究[J]. 现代语文（学术综合版），2017（7）：96-97.

[20]周奕希."后理论时代"与文学理论教学实践的转向[J]. 白城师范学院学报，2017，31（3）：76-80.

[21]屈波. 新媒体时代文学传播和文学理论教学研究——评《新媒体时代的文学经典化》[J]. 青年记者，2016（35）：113.

[22]崔晓艾. 探究式教学理论在文学理论教改中的运用研究[J]. 科教导刊（中旬刊），2016（14）：107-108.

[23]陈莉. 如何在教学中改变文学理论原创性缺失的现状[J]. 河南教育学院学报（哲学社会科学版），2015，34（6）：107-111.